KB123370

조선후기 통신사 필담창화집 번역총서 9

廣陵問槎錄 上·下

광릉문사록 상·하

조선후기 통신사 필담창화집 번역총서 9

廣陵問槎錄 上·下

광릉문사록 상·하

허경진 역주

보고사

이 역서는 2008년도 정부재원(교육과학기술부 학술연구조성사업비)으로 한국연구재단의 지원을 받아 연구되었음(KRF-2008-322-A00073)

이 번역총서는 2012년도 연세대학교 정책연구비(2012-1-0332) 지원을 받아 편집되었음.

차례

일러두기

1. 통신사 필담창화집 번역총서는 제1차 사행(1607)부터 제12차 사행(1811)까지, 시대순으로 편집하였다.
2. 각권은 번역문, 원문, 영인자료의 순서로 편집하였다.
3. 300페이지 내외의 분량을 한 권으로 편집하였으며, 분량이 적은 필담창화집은 두 권을 합해서 편집하고, 방대한 분량의 필담창화집은 권을 나누어 편집하였다.
4. 번역문에서 일본 인명과 지명은 한국 한자음 그대로 표기하고, 처음 나오는 부분의 각주에 일본어 발음을 표기하였다. 그러나 번역자의 견해에 따라 본문에서 일본어 발음대로 표기를 한 경우도 있다.
5. 번역문에서 책명은『 』, 작품명은「 」으로 표기하였다.
6. 원문은 표점 입력하였는데, 번역자의 의견에 따라 표기하는 것을 원칙으로 하였지만, 가능하면 한국고전번역원에서 정한 지침을 권장하였다. 이 경우에는 인명, 지명, 국명 같은 고유명사에 밑줄을 그어 독자들이 읽기 쉽게 하였다.
7. 각권은 1차 번역자의 이름으로 출판되었는데, 최종연구성과물에 책임연구원과 공동연구원의 이름이 반드시 들어가야 한다는 한국연구재단의 원칙에 따라 최종 교열책임자의 이름으로 출판되는 책도 있다.
8. 제1차 통신사부터 제12차 통신사에 이르기까지 필담 창화의 특성이 달라지므로, 각 시기 필담 창화의 특성을 밝힌 논문을 대표적인 필담 창화집 뒤에 편집하였다.

히로시마 문인들이 에도와 교토까지 찾아와 필담 창화한 기록

『광릉문사록(廣陵問槎錄)』은 국립중앙도서관에 소장되어 있는 필담 창화집인데, 상권 72면, 하권 64면의 2권 2책 목판본이다. 다카하시 마사히코(高橋昌彦) 교수는 『광릉문사록』 2책이 『문사기상(問槎畸賞)』 3책과 함께 편집되어 『문사이종(問槎二種)』으로 간행되었다고 밝혔다.

필담창화집 제목의 앞부분에는 대개 『화한창수집(和韓唱酬集)』이나 『상한의담(桑韓醫談)』처럼 필담 창화의 참여자 소속국인 일본과 조선 두 나라의 이름이 들어가거나, 『우창록(牛窓錄)』이나 『장문계갑문사(長門癸甲問槎)』, 『남도창화집(藍島唱和集)』처럼 필담 창화의 장소가 들어가는데, 『광릉문사록(廣陵問槎錄)』은 예외적으로 필담 창화를 주도한 일본측 참여자의 소속 번(藩)을 밝혔다. 『광릉문사록(廣陵問槎錄)』의 제목은 '광도(히로시마)번에서 온 문인들이 조선 통신사 문인들에게 물어본 기록'이라는 뜻이다.

필담 창화를 주도한 일본측 문인은 광도(히로시마)번 소속의 아지키 릿켄((味木立軒, 1650~1725)과 데라다 린센(寺田臨川, 1678~1744)이다. 아지키 릿켄은 에도(江戶) 숙소로 찾아가 통신사 일행을 만났고, 그의 제자인 데라다 린센은 교토(京都) 숙소로 찾아가 필담 창화한 기록을 정리했다.

이 책의 서문을 쓴 오규 소라이(荻生徂徠, 1666~1728)는 아지키 릿켄을 "지금 국자선생(國子先生)의 고제(高弟)의 제자로서 이른 나이에 명예를 날렸고 대국의 사신을 응접하여, 그의 문장과 학술의 공부가 이미 백락이 한 번 돌아본 사람이니 더 논할 것이 없다."고 칭찬하였는데, 그가 말한 국자선생은 초대 대학두(大學頭)인 하야시 라잔(林羅山, 1583~1657)이고, 그의 고제는 그에게 주자학을 배웠던 야마가 소코(山鹿素行, 1622~1685)를 가리킨다. 아지키 릿켄(味木立軒)의 이름은 호(虎), 자는 윤명(允明), 호는 입헌(立軒), 또는 부재(覆載)이다. 나바 모쿠안(那波木庵)에게 주자학을 배우고, 에도에서 야마다 소코(山鹿素行)에게 고학을 사사했다. 히로시마번에 초빙되어 30여년간 제자들에게 경서를 가르쳤으며, 통신사 일행을 만날 때에는 61세였다.

서문을 쓴 오규 소라이(荻生徂徠)는 데라다 린센에 대해 "비록 그럴지라도(아지키 릿켄의 문장과 학술이 그렇게 뛰어났더라도) 나는 유독 봉익씨(데라다 린센)의 학업을 아낀다. 맑고 고우며 가지런하고 넉넉함이 영주(瀛洲)를 벗어나 규문성(奎文星)에 닿은 듯하고, 얼음이 물보다 차갑고 푸른 염료가 쪽풀보다 푸른 듯하며 정진하여 그치지 않으니, 이른바 쉽게 얻을 수 없는 재주이다."라고 칭찬하여, 스승 아지키 릿켄보다 제자 데라다 린센이 더 뛰어나다고 평하였다. 데라다 린센(寺田臨川)의 이름은 혁(革), 자는 봉익(鳳翼), 호는 임천(臨川)이다. 히로시마의 유관 아지키 릿켄(味木立軒)에게 경사를 배우고 에도로 나가 하야시 호코(林鳳岡)에게 배웠다. 27세에 히로시마 번의 문학이 되었고, 이어 번학문소(藩學問所) 교수, 독학(督學)이 되어 번학(藩學)을 관장하였다. 스승 하야시 호코를 통해 오규 소라이에게 이 책의 서문을 부탁하였다.

도쿠가와 이에노부(德川家宣)가 쇼군(將軍)을 계승하자 조선에서 1711년에 조태억(趙泰億, 1675~1728)을 정사로 하는 제8차 통신사를 축하 사절로 일본에 파견하였다. 조선 측에서 히로시마 문사들과의 필담 창화에 참여한 인물은 이현(李礥, 제술관), 홍순연(洪舜衍, 정사서기, 판관), 엄한중(嚴漢重, 부사서기), 남성중(南聖重, 종사관서기, 부사과)이니, 이 책은 이른바 4문사, 즉 제술관과 3서기가 모두 참여한 필담창화집이다.

『광릉문사록(廣陵問槎錄)』의 앞부분에는 물무경(物茂卿), 즉 에도 전기의 대표적인 유학자 오규 소라이(荻生徂徠, 1666~1728)가 지은 서문이 실려 있으며, 시, 편지, 필담, 조선 문인이 이들의 시집에 지어 준 서문으로 구성되어 다양한 편집을 보여준다. 이 책 마지막 부분에 삼한동곽(三韓東郭)이 『임천시집(臨川詩集)』에 지어준 서문이 실려 있는데, '삼한(三韓)'은 당시 일본에서 조선을 가리키는 칭호 가운데 하나이고, '동곽(東郭)'은 이현이 일본에서 사용했던 호이다. 당시에 일본 학자 이노 작스이(稻生若水)가 『서물류찬(庶物類纂)』이라는 박물지를 편찬하기 위해 방대한 자료를 수집·고증하고 있었는데, 그도 제술관 이현에게 서문을 부탁하였다. 통신사를 수행한 문인들은 일본에서 지은 글에 새로운 호를 사용했기에, 1,054권이나 되는 일본 최대의 백과사전에 실린 서문의 필자 삼한동곽(三韓東郭)을 오랫동안 일본 학자로 인식해 왔다. 일본 학자들이 조선 문인들에게 서문을 즐겨 받던 시기에 히로시마의 문인들이 에도와 교토까지 찾아가 필담 창화를 나누고 서문을 받아 『광릉문사록』을 간행했던 것이다.

광릉문사록 상

廣陵問槎錄 上

광릉문사록

『광릉문사록』은 예주(藝州)[1] 문학 미윤명(味允明) 군[2]과 그의 문인 사봉익(寺鳳翼) 씨[3]가 바다를 건너온 손님과 응수한 것으로 시, 편지, 필담이 모두 갖추어져 있다. 윤명은 동도(東都, 에도)에서, 봉익은 서도(西都, 교토)에서 응수한 것을 『광릉문사록』에 하나로 묶은 것이다. 광릉(廣陵)이라고 한 것은 그들이 벼슬하는 나라의 도읍이 여기에 있기 때문이다.

얼마 전에 미군이 강생(岡生)[4]을 통해 말 한 마디를 청했으니, 드러내기 위해서였다. 그러나 나는 세상에 있어 기러기털 하나에 지나지

---

1 예주(藝州) : 광도(廣島, 히로시마) 번의 다른 이름. 현재 일본 히로시마시에 있었다.

2 미윤명(味允明) 군 : 미목입헌(味木立軒, 아지키 릿켄, 1650~1725). 이름은 호(虎), 자는 윤명(允明), 호는 입헌(立軒)·부재(覆載)이다. 나파목암(那波木庵)에게 주자학을 배우고, 에도에서 산록소행(山鹿素行)에게 고학을 사사했다. 히로시마번에 초빙되어 30여 년간 제자들에게 경서를 가르쳤다.

3 사봉익(寺鳳翼) 씨 : 사전임천(寺田臨川, 데라다 린센, 1678~1744). 이름은 혁(革), 자는 봉익(鳳翼), 호는 임천(臨川)이다. 히로시마의 유관 미목입헌(味木立軒)에게 경사를 배우고 에도로 나가 임봉강(林鳳岡)에게 배웠다. 27세에 히로시마 번의 문학이 되었고, 이어 번학문소(藩學問所) 교수(敎授), 독학(督學)이 되어 번학(藩學)을 관장하였다.

4 임봉강(林鳳岡, 하야시 호코)를 가리킨다.

않으니, 어찌 두 군자의 중히 여김을 받을 수 있겠는가? 게다가 미군은 지금 국자선생(國子先生) 고제(高弟)[5]의 제자로서 이른 나이에 명예를 날렸고 대국의 사신을 응접하여, 그의 문장과 학술의 공부가 이미 백락의 한 번 돌아봄[6]을 겪은 사람이니 참으로 논할 것이 없다.

비록 그렇지라도 나는 유독 봉익씨의 학업을 아낀다. 맑고 고우며 가지런하고 넉넉함이 영주(瀛洲)를 벗어나 규문성(奎文星)에 닿은 듯하고, 얼음이 물보다 차갑고 푸른 염료가 쪽풀보다 푸른 듯하며[7] 정진하여 그치지 않으니, 이른바 쉽게 얻을 수 없는 재주이다. 재주가 이와 같으니 어찌 시율이 같은 지 다른지를 묻겠는가? 바야흐로 문명이 환히 비추게 되어 많은 선비들의 문채가 선명해졌다. 그러나 변방 오랑캐의 말을 싹 씻어내고 초나라말로 시끄럽게 떠들어대는 여러 사람들[8] 중에서 우뚝하게 빼어날 수 있는 사람은 천 명, 백 명 중 한 사람도 없다. 내가 유학 강론의 자리를 경영해 온 지 10여 년 만에 겨우 우리 등(藤)·현(縣) 두 사람[9]을 얻어 스스로 기뻐하였는데, 이제 이들

---

5 국자선생(國子先生) 고제(高弟) : 초대 대학두(大學頭) 임라산(林羅山, 하야시 라잔, 1583~1657)에게 주자학을 배웠던 산록소행(山鹿素行, 야마가 소코, 1622~1685)를 가리킨다.

6 백락의 한 번 돌아봄 : 백락은 춘추시대에 말을 잘 감정하기로 유명했던 인물. 그가 한 번 돌아본 말은 값이 열 배로 뛰었다는 고사에서 연유한 말이다.

7 얼음이 … 듯하며 : 『순자(荀子)』의 "학문은 그만둘 수 없으니, 푸른 염료는 쪽풀에서 얻어냈지만 쪽풀보다 푸르고, 얼음은 물이 변한 것이지만 물보다 차갑다[學不可以已, 靑取之於藍, 而靑於藍, 冰水爲之, 而寒於水.]"라는 구절에서 인용한 말로, 후학이 선학보다 더 뛰어남을 일컫는다.

8 『맹자』의 "제나라 사람 한 명을 스승으로 삼고, 여러 초나라 사람이 떠든다[一齊人傅之, 衆楚人之咻]"에서 나온 말인데, 한 사람이 올바르게 말해도 여러 사람의 주장을 이기지 못한다는 뜻이다.

을 보니 또 깜짝 놀라도록 기이하였다. 깊은 산과 큰 못에는 실로 용과 뱀이 생겨나니, 광릉이 큰 번이라는 것을 알겠도다.

광릉이 큰 바다에 닿아있다고 하니, 그 괴이하고 기이한 경치가 매숙(枚叔)의 「칠발(七發)」[10] 중 나오는 것보다 어찌 많이 못하랴. 조수가 선회하는 곳, 파도가 격탕하는 곳은 그 세차게 일어나 솟구치는 기세 같은 것이 천둥을 들이마셨다가 비를 뿜어내어 진실로 그 무용을 떨쳐 진노하는 듯하고, 제멋대로 사납게 구는 끝에 산악이 붕괴되면 위에서 치고 아래에서 단속하여 승리를 결정하고 나서야 그만두는 것이니 그 용기가 그렇게 만든 것이다. 잠시 바람이 가라앉으면 적막하게 잠든 듯하여 밝은 달빛이 곱게 물들고, 푸른 마름이 움직이지 않으면 넓고 희게 펼쳐져 흰 비단이 섬과 모래섬 사이에 휘감아 비치는 듯하니, 맑으면서도 얕은 듯하여 그대로 건너도 될지[11] 여우도 의심하게 만든다. 무늬 있는 조개와 알록달록한 돌이 환하게 밑까지 보이며 가는 잔물결은 옷감을 짠 듯하고 작은 일렁임은 주름비단 같다. 해송과 석범(石帆)[12]은 섬세하여 다 완상할 만한 것들이다. 이것이 봉익씨가 자

9 우리 등(藤)·현(縣) 두 사람 : 제자인 안등동야(安藤東野, 안도 도야, 1683~1719)와 산현주남(山縣周南, 야마가타 슈난, 1687~1753)을 가리킨다.

10 매숙(枚叔)의 「칠발(七發)」 : 매숙은 한나라 문인 매승(枚乘, ?~BC 140)을 가리킨다. 매승이 지은 사부 「칠발(七發)」은 오나라 객이 초나라 왕자에게 병이 나을 일곱 가지 계책을 간하는 내용으로, 한나라 사부의 효시로 평가받는다. 광릉(廣陵)의 곡강(曲江)에 가서 파도를 구경하는 대목이 있는데, 파도에 대한 묘사가 매우 풍부하다. 『문선(文選)』 권34 「칠발(七發)」

11 원문의 '게려(揭厲)'는 그다지 깊지 않은 강물을 뜻한다. 『시경(詩經)』 패풍(邶風) 「포유고엽(匏有苦葉)」에 "허리띠에 찰 정도로 물이 깊으면 입은 채로 건너가고, 물이 무릎 아래 정도로 차면 바지를 걷고 건너간다.(深則厲 淺則揭)"라는 구절이 있다.

질로 삼는 것이리라.

먼 나라 사람이 빙례를 닦으러 거치는 곳마다 서쪽 제후들이 이번 부역을 제공하니, 배를 경계하는 일이나 험준한 곳을 잘 건너는 것이 염려할 일이랴? 짐짓 얼굴빛을 부드럽게 하고 말을 공손히 하는 것은 오직 막부 장군의 근심을 두려워하기 때문이다. 그렇지 않으면 저들이 자기의 재주를 가지고 크게 펼칠 것이니 어떤 용기인들 사지 못하겠는가?

내가 들으니 옛날 천제의 딸이 내려와 풀이 우거진 물가에 살았는데 거문고를 잘 타서, 그 화음은 봉황의 울음을 본떴고 그 변주는 황제 헌원씨의 율려와 맞았다. 희귀한 음악이 가볍게 울려 퍼지자 귀신과 감응하여 풍우가 처음 그치고 밤 깊어 인적이 고요해졌다고 하니, 여러 가지 가운데 한 가지를 들어 어렴풋이 나타낸 것이다. 봉익씨가 시를 배우자 아름답고 맑음으로 화음을 이루고 조화와 가지런함으로 변주를 이루어, 오묘함에 고움을 부치고 희귀함에 섬세함을 요약해, 이로써 당나라 개원 천보 연간의 위를 넘나들고 한위의 즈음을 한가로이 비상하여 너울너울 높이높이 날아다니니, 그의 율조가 끝내 도리에 어긋날 수 있겠는가? 그런 연후에 환하게 오색을 이루어 그의 몸을 덮으니 이것이 진실로 봉의 날개[鳳翼]로구나! 이것이 진실로 봉의 날개로구나! 이때가 되면 온 나라에서 봉황을 보려는 바람이 어찌 삼한의 사람에게 있겠으며, 무엇에 쓰려 이것을 엮겠는가? 나는 늙었으

12 석범(石帆) : 산호충의 일부. 나뭇가지 모양인데, 골격 가운데 홍색 조각은 장식용으로 쓴다.

니, 나중에 죽으면 유학의 문장을 맡길 데로 나는 여전히 우리 등·현 두 사람을 보고 있다. 이것으로 영재를 기르는 미군의 즐거움을 보기에 족하다. 서문을 마친다.

정덕(正德) 임진년(1712) 추9월 보름 동도(東都)에서 물무경(物茂卿)[13] 씀

---

13 물무경(物茂卿) : 적생조래(荻生徂徠, 오규 소라이, 1666~1728)를 가리킨다. 본명은 물부쌍송(物部雙松, 모노노베 나베마츠), 자는 무경(茂卿)이다. 1696년 5대 장군 강길(綱吉, 츠나요시)에게 중용되어 정치적으로 활약하였으나 1709년 실각하자 훤원숙(蘐園塾)을 열어 고문사를 창도하여 소라이학파가 형성되기에 이르렀다.

광릉문사록 상권

기산(崎山) 산전적경의(山田敬適意) 기록

진계(榛溪) 등전각천유(藤田覺天游) 교정

아룀. 입헌 : 제 성은 미목(味木), 이름은 호(虎), 자는 윤명(允明), 별호는 입헌(立軒)입니다. 임(林)좨주의 문하에서 공부한 지 오래되었는데 이번에 예주 태수를 모시게 되었습니다.

답함. 동곽(東郭)[14] : 제 성은 이(李), 이름은 현(礥), 자는 중숙(重叔), 호는 동곽입니다. 갑오년(1654)에 태어나 을묘년(1675)에 진사가 되었고 계유년(1693) 문과 장원을 하였으며, 정축년(1697) 중시(重試)에서 급제하였습니다. 관직은 안릉태수인데, 제술관으로 여기에 왔습니다.

아룀. 입헌 : 동도(東都, 에도)의 인사가 목을 빼고 서쪽을 바라보며

14 동곽(東郭) : 이현(李礥, 1654~?)의 호. 1697년 문과에 급제하였고, 1711년 통신사 제술관으로 일본에 다녀왔다.

사신의 깃발이 오기를 기다리는 것이 마치 경성(慶星)과 경운(景雲)[15]을 먼저 보려고 다투는 것을 통쾌히 여기는 것과 같습니다. 제가 무슨 행운인지, 하늘이 기이한 인연을 빌려주시어 비로소 접역[16]의 영웅호걸을 만났으니 기쁘고도 위로가 됩니다.

답함. 동곽 : 오랫동안 성대한 명성을 듣다가 지금 훌륭한 모습을 접하니 실로 평소의 바람에 꼭 들어맞아 기쁘고도 다행입니다.

이학사, 홍경호[17] 두 사백에게 드림

奉呈李學士洪鏡湖兩詞伯

입헌

넓은 하늘 넓은 바다 티끌 하나 없으니	天長海闊自無塵
곳곳마다 구름 산에 나그네길 새로웠네.	處處雲山客路新
영웅을 만났으나 언어가 달라서	始接豪英言語異
간신히 문자를 써 입술을 대신하네.	纔題文字換吟唇

15 경성(慶星)과 경운(景雲) : 상서로운 오색 빛을 띤 별과 구름을 가리킴.

16 접역(鰈域) : 조선을 가리킴. 동해에 가자미가 많이 나므로, 가자미가 나는 지역이라는 뜻으로 접역이라고 한다.

17 경호(鏡湖) : 홍순연(洪舜衍, 1653~?)의 호. 자는 명구(命九), 본관은 남양(南陽)이다. 1705년 문과에 급제하였고, 1711년 정사 서기로 일본에 다녀왔다.

입헌의 운에 차운함
奉次立軒韻

학 같이 여윈 모습 속세를 벗어나니 鶴骨淸癯逈出塵
강해 좇아 기쁘게 새로 사귐 맺었네. 喜從江海托交新
소반 가득 감귤이 천 개가 쌓였으니 盈盤露橘堆千顆
좋은 맛 그대 주어 맛보게 하려 하네. 美味輸君一入唇

신묘년(1711) 맹동(10월) 동곽 씀.

시에 앞서 동곽이 손수 포도를 나에게 주었다. 나는 받고서 놓아둔 채 먹지 않았다. 내가 좋아하지 않는가보다 의심해서 또 붉은 귤 2개를 주었다. 내가 또 받아서 먹지 않으니 먹으라는 말을 표현하였다. 그래서 시구 중에 여러 차례 귤 얘기를 언급하였다.

입헌이 주신 운에 차운하여
奉次立軒惠韻

세속 떠난 그대 모습 깨끗하여 아꼈더니 愛君瀟灑出風塵
내 선방 찾아주어 마음 다시 새롭구나. 訪我禪房意更新
아쉬워라, 고질병에 바야흐로 엎어져서 只恨嬰痾方伏枕
마주하여 술 한 잔 축이는 일 저버렸네. 對樽孤負一霑唇

경호 씀.

이학사의 훌륭한 화운시를 받고 앞의 운에 화운하여 감사함
李學士辱賜清和用前韻奉謝

입헌

군자들 모임이라[18] 세속 먼지 벗어났고	文會從來絕世塵
소반 담긴 황귤에서 나는 향기 새롭구나.	盈盤黃橘露香新
손 안에 든 두 개는 진정한 맛 지녔으니	手中二顆荷眞味
기쁘게 웃으며 입 벌리게 하는구나.	使我欣然笑啓唇

입헌의 운에 빠르게 차운하여
走次立軒韻

동곽

사찰은 외떨어져 세속 먼지 벗어났고	寺樓孤逈絕纖塵
서늘한 귤나무 숲 하늘 갠 빛 새롭구나.	杉橘叢寒霽色新
고상한 이야기로 늘그막 흥 돋우니	要把清談挑晚興
어찌 반드시 시 찾으며 읊을 필요 있으랴.	索詩何必鼓吟唇

---

18 군자들 모임이라 : 문회(文會). 『논어』에 "군자는 문으로 벗을 모은다(君子以文會友)" 라고 하였다.

또 이학사에게
又呈李學士

입헌

신하 주나[19] 어미 주나[20] 도는 서로 마찬가지 賜臣贈母道相同
회해의 양주에서 싸 보낸 게[21] 통했구나. 淮海楊州厥包通
이에 역시 정씨 집 대청[22]에 오른 손님 爰亦程堂堂上客
동정춘색[23] 감상하며 봄바람에 앉았구나. 洞庭春色坐春風

---

19 신하 주나 : 소식(蘇軾)의 친구인 안정군왕(安定君王)이 황감으로 술을 빚어 조덕린에게 주었다고 한다. 이를 가지고 소식이 「동정춘색(洞庭春色)」이라는 부를 지었다. 이로 인해 황감으로 빚은 술을 동정춘색이라 부른다.

20 어미 주나 : 삼국시대 오(吳)나라 손권(孫權)의 참모였던 육적(陸績)이 6세 때에 원술(袁術)을 만났는데, 원술이 귤을 내오자 세 개를 품속에 넣었다. 하직하려고 절하다가 귤이 땅에 떨어지자, 원술이 보고 "육랑(陸郞)은 손님이 되어 귤을 품에 넣었는가?" 물었다. 육적이 무릎을 꿇고 대답하기를 "돌아가서 어머니께 드리려고 했습니다." 하니, 원술이 기특하게 여겼다.

21 회해의 양주에서 싸 보낸 게 : 『서경』 「우공(禹貢)」에 "싸 가지고 오는 귤과 유자는 바치라는 명이 내리면 바친다.[厥包橘柚 錫貢]"라고 하였는데, 귤과 유자는 양주(楊州) 지역의 공물이다.

22 정씨 집 대청 : 송나라 시인 정해(程垓)의 집. 정해(程垓)의 대표적인 사(詞)에 「동정춘색(洞庭春色)」 작품이 있으며, 정해가 소식(蘇軾)의 사촌이라는 와전된 말이 있다.

23 정해가 지은 「동정춘색(洞庭春色)」의 원문은 "錦字親裁, 淚巾偸裛, 細說舊時. 記笑桃門巷, 妝窺寶靨, 弄花庭前, 香濕羅衣. 幾度相隨游冶去, 任月細風尖猶未歸. 多少事, 有垂楊眼見, 紅燭心知. 如今事都過也, 但贏得, 雙鬢成絲, 歎半妝紅豆, 相思有分, 兩分青鏡, 重合難期. 惆悵一春飛絮, 夢悠颺教人分付誰. 銷魂處, 又梨花雨暗, 半掩重扉."인데, 이 시에서는 글자 그대로의 봄빛을 뜻하기도 한다.

이, 홍 두 사백에게 훌륭한 화운시를 받고 빨리 율시 한 수를 지어 감사하다

李洪兩詞伯辱賜清和走筆賦一律奉謝

입헌

여름옷 입었을 때 배에서 내렸는데	身著暑衣始下船
사신 탄 배 날마다 바다 안개 뚫었다네.	征帆日日破溟煙
등귤이 노랗고 푸르던 배 댔던 땅	橙黃橘綠停槎地
흰 갈대 붉은 단풍 낙엽 지는 계절이네.	蘆白楓紅落木天
청주[24]의 시객이 언어는 다르지만	蜻洲騷客異言語
접역[25]의 가빈께서 민첩하게 시를 짓네.	鰈域佳賓捷賦篇
닳은 먹에 향기 남았으니 얘기가 끝나지 않아	殘墨餘香談未了
다시 와 함께 하자 아울러 약속하네.	重來兼約陪華筵

용호(龍湖),[26] 범수(泛叟)[27] 두 사백께 아룀. 입헌. : 봄이 오고 여름 90일, 가을 끝, 겨울 초엽 사신의 깃발이 오기를 기다렸습니다. 제가 전에는 관리들의 모임 자리에 머물렀기에, 사무가 번잡한 즈음이라 성명을 통하지 못해 남은 한이 산과 같습니다. 이제 훌륭한 모습을

24 청주(蜻洲) : 일본을 가리킴. 일본의 지형이 잠자리 모양처럼 생겼기 때문에 생긴 이름.

25 접역(鰈域) : 가자미가 많이 잡히는 지역, 또는 가자미 형국과 같다는 뜻으로, 우리나라를 일컫는 말.

26 용호(龍湖) : 부사 서기 엄한중(嚴漢重)의 호이다.

27 범수(泛叟) : 종사관 서기 남성중(南聖重)의 호이다.

접하니 제 마음이 매우 흡족합니다. 기쁘고 지극히 다행입니다. 삼가 입헌께 감사하는 글. 용호. : 오랫동안 성대한 명성을 우러르다가 이제 훌륭한 모습을 접하니 실로 평소 바람이 이루어졌습니다. 더욱이 임천사백이 그대의 문하 제자라고 들었습니다. 지난번 낭화(浪華)에 있을 때 임천(臨川)과 사귐을 맺어 우의가 이미 깊었기에 더욱 기쁜 마음을 이기지 못하겠습니다.

입헌에게 감사하는 글. 범수. : 일찍이 아드님[阿戎][28]을 통해 오랫동안 명성을 들었습니다. 곧 훌륭한 모습을 접하니 마치 옥산(玉山)을 대한 듯합니다. 기쁨을 말할 수 있겠습니까?

범수에게 아룀. 입헌 : 사전임천(寺田臨川)은 제 문객이자 자제의 우의가 있습니다. 섭주(攝州)[29] 낭속(浪速)[30]의 여행 상황을 들었습니다. 그대께서 임천과 경개(傾蓋)의 사귐[31]이 있어, 곧 반가운 눈으로 보아줌을 입었고 여러 차례 창화가 있었다고 하였습니다. 그리고

---

28 아융(阿戎)은 죽림칠현(竹林七賢)의 한 사람인 왕융(王戎)의 아명(兒名)이다. 완적(阮籍)이 동료인 왕혼(王渾)의 집을 찾아갈 때마다 "그대와 이야기하는 것보다는 그대의 아들 아융과 대화하는 것이 훨씬 낫다. [共卿言 不如共阿戎談]"하고는 해가 질 때까지 왕융과 허교(許交)하며 노닐다 가곤 하였는데, 이때 왕융의 나이 15세로 완적보다 20년 연하였다. 『진서(晉書)』 권43 「왕융열전(王戎列傳)」

29 섭주(攝州) : 오사카가 있는 섭진주(攝津州)를 가리킨다.

30 낭속(浪速) : 낭화(浪華)와 마찬가지로 나니와, 즉 오사카의 옛이름이다.

31 경개(傾蓋)의 사귐 : 공자와 노자가 우연히 길에서 만났는데 해가 기우는 데 따라 일산을 기울여가며 시간 가는 줄 모르고 얘기했다는 고사에서 온 말로, 우연히 만나 우의를 맺음을 가리킨다.

말을 나누다가 제 일까지 미쳤다고 하였습니다. 기쁘고 매우 감사합니다.

입헌 사백에게 답함. 범수. : 보여주신 마음을 삼가 다 알겠습니다. 임천은 근래 어디에 살고 있습니까?

이학사 사백에게 아룀. 입헌. : 덕업과 유풍을 일찍부터 흠앙하는 바였습니다. 얼마 전 비로소 비범한 자태에 읍하여 제 마음이 매우 흡족하였습니다. 한번 뵈자 곧 청안으로 보아주심을 입게 되어 바라던 것보다 대단한 영광이었습니다. 오늘 그대를 뵙고자 이에 다시 왔습니다.

입헌에게 감사하는 글. 동곽. : 한 번 뵌 후 다시 만나뵐 인연이 없어 바야흐로 이 때문에 낙담하던 차에 이렇게 훌륭한 말씀을 받드니 다행이라 말한만 합니다. 아까의 성대한 선물은 감사하며 마음에 새기겠습니다.

봉주에게 아룀. 동곽. : 그대의 백부 입헌은 이곳에 사니 반드시 주선해서 한 번 오기를 청하는 것이 어떻습니까?
경호 사백에게 아룀. 입헌. : 오랫동안 꽃다운 명성을 듣다가 비로소 훌륭한 모습을 접하고 또 화운시편을 받게 되었습니다. 다만 서로 늦게 만난 것이 한스러울 뿐입니다. 풍모와 자태를 사모하여 지금 또 왔습니다.

입헌에게 감사함. 경호 : 우연히 일을 하느라 여러 차례 훌륭한 모임을 어기다가 오늘 여러분의 의견을 접하니 얼마나 다행입니까?

용호, 범수 두 사백께 드림

奉呈龍湖泛叟兩詞伯

입헌

봄여름 만났다가 가을 겨울 즈음 되어	春夏之交秋末冬
높은 곳 올라가서 그대 모습 기다렸네.	登高引領望淸容
사원 있는 고요한 땅 어여삐 여길 만해	可憐禪寂無塵地
오늘에야 벼루 앞에 만나보게 되었구나.	今日硯前得一逢

입헌 사백이 주신 운에 차운하여

奉次立軒詞伯惠韻

용호

나그네 길에 시절은 겨울이 되어버려	客裡光陰已涉冬
쓸쓸한 경치 속에 산 모습을 대하였네.	風煙蕭索對山容
적적한 여관을 그 누가 찾아오랴	寥寥旅館誰相訪
웬일로 오늘 아침 시 짓는 선비를 만났도다.	何幸今朝韻士逢

입헌 노사백의 시를 차운하여
奉次立軒老詞伯

범수

높은 집에 엄동설한 다시 두렵지 않으니	高堂不復怕嚴冬
온화한 풍모에 깨끗한 모습 생겨나네.	爲對和風動粹容
해외에서 명성을 들은 지 이미 오래건만	海外聞名今已久
어찌 이렇게 오늘 만남이 늦었는가?	如何此日晩相逢

시를 쓰는 자리의 동곽, 경호, 용호, 범수 여러분께 드림
奉呈東郭鏡湖龍湖泛叟諸雅詞壇

입헌

수 천 리 밖 떠돌아다니는 이 몸과	數千里外一蓬身
쉰 세 곳[32] 거쳐 온 손님은	五十三程羇旅賓
관산이 막혀 변방 기러기 끊겨도	關山阻絶塞鴻斷
베갯머리에서 자주 돌아가는 꿈꿀 줄 아네.	知是枕邊歸夢頻

32 쉰 세 곳 : 일본의 교통로인 동해도(東海道)에는 57곳의 숙박소가 있었다.

입헌 사백의 시에 차운하여
奉次立軒詞伯韻

동곽

만 리를 떠도는 이 몸이 부끄럽건만 萬里飄飄愧此身
몸 굽혀 많은 선비로 훌륭한 손님을 불러주었네. 枉教多士喚佳賓
이번 길에 삼생의 빚이 있었음을 알겠으니 此行知有三生債
맑은 시에 화운하여 자주 써도 싫지 않네. 拚和淸篇不厭頻

입헌의 훌륭한 운에 차운하여
奉次立軒高韻

경호

뗏목 따라 만 리길 떠나온 몸은 隨槎萬里遠遊身
흡사 하늘 남쪽 날아온 기러기 손님 같지만 恰似天南旅雁賓
앉은 자리 주옥같은 글 어지러이 나오는 게 기뻐 却喜坐間珠錯落
아름다운 시구 자주 부쳐 와도 싫지 않아라. 不嫌佳句寄來頻

입헌에게 아룀. 상백헌. : 제 성은 기(奇), 이름은 두문(斗文), 자는 여장(汝章), 호는 상백헌(嘗百軒)으로 현임 조산대부 전연사(典涓司)[33] 사직입니다. 양의로 왔습니다.

33 전연사(典涓司) : 궁궐의 청소와 수리를 맡아보던 관청. 후에 선공감에 합쳐졌다.

상백헌에게 대답함. 입헌. : 일찍부터 성명을 들었으나 찾아뵙지 못하였는데 오늘 우연히 만났으니 얼마다 다행인지요. 한 번 보니 곧 공이 헌기(軒岐)[34]에 뛰어난 사람임을 알겠습니다.

입헌 사백에게 대답함. 상백헌. : 뜻밖에 오늘 소매를 나란히 마주하여 잠시 회포를 펴니 기쁨을 이지지 못하겠습니다. 쓰신 말씀 가운데 헌기의 풍모를 가지고 일컬으셨으나 이 역시 지나치십니다. 마음 깊이 부끄러울 뿐입니다.

경호, 용호, 범수 세 어른께 드림
奉呈鏡湖龍湖泛叟三雅伯

입헌

거울이란 형체를 비추는 그릇입니다. 사람은 스스로 보는 데 서툴러 반드시 이것을 빌려 얼굴을 살핍니다. 고인에게는 수감(水鑑), 귀감(龜鑑)이 있었고 삼경(三鏡), 칠경(七鏡)이 있었습니다. 용모의 미추를 분별할 뿐 아니라 덕이 되는 것이 이루 말할 수 없습니다. 이에 바치니 웃으면서 받아주십시오.

34 헌기(軒岐) : 황제 헌원씨와 그의 신하인 기백(岐伯)을 가리킴. 의술을 시작한 전설의 인물. 여기에서는 뛰어난 의술을 가리킨다.

입헌이 거울과 윤도(輪圖)를 주신 데 감사하며
奉謝立軒惠贈鏡面輪圖

보배로운 거울이 땅에 묻혀	寶鑑埋沒
몇 년을 뒤덮여 있었나?	幾年第塞
나아갈 곳 방향을 잃고	趨向迷方
반평생을 헤매었네.	半世擿埴

이렇게 귀한 선물을 받드니 안개를 헤친 듯 상쾌합니다만, 오히려 서투른 말로 뒤를 따라 우러러 응수하오니 헤아려 주시면 다행이겠습니다.

경호, 용호, 범수

입헌에게 드리는 글. 용호의 편지

일전 좋은 만남에서 다행히 식형(識荊)의 소원[35]을 이루어 지금 영광에 이르렀습니다. 엎드려 생각건대, 요사이 편안히 거처하며 몸을

35 식형(識荊)의 소원 : 원문의 '식형지원(識荊之願)'은 현인(賢人)을 만나기를 바란다는 뜻이다. 당나라 원종(元宗) 때 사람인 한조종(韓朝宗)이 형주자사(荊州刺史)를 지낼 때 이백(李白)이 편지를 보내서 "살아서 만호후(萬戶侯)에 봉해질 것이 아니라 다만 한 번 한형주를 알기를 원한다.[生不用封萬戶侯, 但願一識韓荊州.]"고 한 데에서 온 말이다. (『고문진보(古文眞寶) 후집(後集)』 권2 「여한형주서(與韓荊州書)」)

보중하시는지요? 저는 객지 상황을 겨우 보존해가고 있으나 돌아갈 날짜를 아직도 헤아리고 있으니 답답함을 어찌 표현할 수 있겠습니까? 전에 주신 능화경(菱花鏡)과 나침반은 실로 마음에서 나온 선물이라 손을 모아 감사드리기를 그치지 못했습니다. 나머지는 다 말씀드리지 못하오니 모두 헤아려 주시기 바랍니다.

신묘년 동지 용호 엄한중 거듭 절을 드립니다.

부채 1자루, 붓 1자루, 먹 1개를 대략 보내오니 정으로 받으시고 물리치지 않으시면 어떠시겠습니까? 전에 주신 시운은 제가 번잡하고 정신이 없어 미처 화운시를 드리지 못했습니다. 후일 지어서 부쳐드리기를 기다려주신다면 영함(令咸)[36] 편에 맡겨서 바치도록 하는 것이 좋은 방법인 듯합니다.

엄용호께 드리는 답장. 입헌

옥 같은 상자를 받들고 봉함을 열어보니 고상한 정이 편지에 가득해, 완연히 모습을 대한 듯합니다. 요사이 기거에 만복이 깃들고 일마다 복이 드시니[37] 기쁘고 다행입니다. 돌아갈 날짜가 가까운 때라는

---

36 영함(令咸) : 상대의 조카를 이르는 말이다.

37 복이 드시니 : 원문의 '전곡(戩穀)'은 복록(福祿)을 뜻한다. 『시경』 소아(小雅) 〈천보(天保)〉에서 "하늘이 안정시키니 너로 하여금 그지없이 선하게 하리라.[天保定爾, 俾爾戩穀.]"라고 하였다. 모전(毛傳)에서 "'戩'은 복(福)이고, '穀'은 록(祿)이다.[戩, 福. 穀, 祿.]"라고 했으며, 주희(朱熹)의 『시집전(詩集傳)』에서는 '그지없이 선하다'고 했다.[開

것을 알고 있으니 애써 염려하느라 애쓰지 마십시오. 부채 1자루, 붓 1자루, 먹 1개를 주시니 어떤 선물이 더 할 수 있겠습니까? 부채는 상자에 간직하였다가 내년을 기다려 더위의 괴로움을 쫓도록 하겠습니다. 붓으로 천군의 영웅을 지휘하고 먹으로 문방의 사용에 충당하겠습니다. 대단히 감사합니다. 나머지는 만나서 다 이야기할 것[38]을 기대하겠습니다. 신묘년 동짓달

지난번 드린 시에 맑은 화답을 내려주신다고 하니, 기꺼이 뒷날 완성하시기를 기다리겠습니다. 저는 이 말을 듣고 기뻐서 잠을 못 이루고 아침저녁으로 기다리고 있습니다. 선생께서 이학사와 경호, 범수 두 사백께 말씀을 전해주시기를 부탁드리오니, 화운시를 청하는 뜻은 같습니다. 만약 한 마디, 한 글자라도 주신다면 쌍으로 된 구슬을 얻은 것 같을지니 모두 헤아려 살펴주십시오.

입헌이 내게 거울 하나를 전별 선물로 주면서 이에 경계하는 말이 있었는데 뜻이 매우 성대하여 시로써 감사하다
立軒贐余一鏡 仍有戒語 意甚盛也 詩以奉謝

범수

곱고 추함은 내게 달렸으니 네가 무슨 공이랴만　　姸媸在我爾何功
서리같은 머리털 그 속에 비치는 게 부끄럽구나.　　且愧霜毛照箇中

人氏曰, 戠, 與翦同, 盡也. 穀, 善也.] 뒷날 길상어(吉祥語)로 쓰이게 되었다.

38 만나서 다 이야기할 것 : 원문의 '면경(面罄)'은 만나서 다 이야기한다는 뜻이다.

삼감[39]이라는 한 마디에 경계함이 있음을 알겠으니 三鑑一言知有戒
백년 동안 깊이 지녀 공을 잊을 수 있으랴. 百年深佩可忘公
별선 1자루, 황모필 1자루, 진묵 1개는 입헌 사백께 보내는 것입니다.

범수 사백이 능화경의 시를 주신 것에 감사하여 차운시를 지어 감사하며
泛叟詞伯 辱賜謝菱鏡詩 次淸韻奉謝

입헌

치우치지 않은 참모습이 이 가운데 나타나 不偏眞成是此中
달도(達道)를 드러내니 그 공이 크도다. 發來達道許多功
마음은 밝은 거울처럼 허령의 본체이니[40] 心如明鏡虛靈體
사물을 비춤에 사심이 없어 절로 공평하게 되리라. 照物無私自至公

39 삼감(三鑑) : 『당서(唐書)』·「위징전(魏徵傳)」에서 유래한 말로, 청동, 예, 사람의 세 가지를 거울로 삼음을 의미한다.

40 허령의 본체이니 : 『대학(大學)』에 "명덕이라는 것은 사람이 하늘에서 얻은 것으로 비어있고 신령스럽고 어둡지 않아 온갖 이치를 갖추고 있어 만사에 응하는 것이다[明德者 人之所得乎天 而虛靈不昧 以具衆理而應萬事者也.]"라고 하였다.

전운을 사용하여 범수께서 별선 1자루, 황모필 1자루, 진묵 1개를 주신 것에 감사하여
用前韻奉謝泛叟惠賜別扇一把黃毛筆一枝眞墨一笏

입헌

말마다 구절마다 정이 드러나는데다	情顯言言句句中
부채를 가지고 기이한 공을 세울 테니	且將揵扇立奇功
황모필과 진묵으로 무슨 일을 하겠는가.	黃毛眞墨焉何事
글을 써서 주고받아 공을 잊지 않으리라.	書去書來不忘公

갑자기 절구 1수를 지어 범수 사백에게 드림
卒賦一絶呈泛叟詞伯

입헌

병들어 늙어가면서도 세속에 접해	多病老來猶接塵
산림에 기약하고 미리 이웃을 구하였네.	山林有約豫求隣
삼한의 손님 돌아가면 그 누구와 짝을 할까.	韓賓歸去與誰伴
책 읽으며 고인을 벗 삼음만 못하리라.	不若讀書友古人

범수 사백께 드림. 입헌의 편지

청수한 미목을[41] 뵙지 못하다가, 눈 깜짝할 사이에 며칠이 지났습니다. 기거 평안하시며 화락하고 순조로우십니까. 돌아갈 날이 가까움을 정히 아셨으리니, 엎드려 기원하건대 먹고 자는 일에 스스로를 보중하소서.

11월 ○일

입헌에게 아룀. 상백헌. : 도서에 들어가는 붉은 인주를 오늘 잠시 허락받았습니다. 어떻게 사용합니까?

상백헌에게 대답함. 입헌. : 오늘 가지고 오지 못했으니 집에 갔다가 다시 와서 드리겠습니다.

상백헌에게 드림. 입헌. : 겨우 한 번 만났으나 진심을 미루어 남의 뱃속에 옮겨놓았으니 제가 무슨 행운으로 이런 기이한 인연을 만났을까요? 항상 만나고 싶어 할 뿐입니다. 약속했던 도서에 들어가는 인주는 봉주에게 부탁해 족하께 전하도록 하였습니다. 남은 시간 "바위 위 한 그루 소나무"를 기대하겠습니다.

---

41 청수한 미목 : 원문의 '노산(魯山)'은 당나라 때 노산령(魯山令)을 지낸 원덕수(元德秀)를 가리킨다. 여기서는 상대방을 만나는 것을 원덕수의 청수한 미목을 접하는 것에 빗대어 말한 것이다. 『신당서(新唐書)』「탁행전(卓行傳)」 원덕수 편에 "원덕수의 자는 자지(紫芝)이고 하남 사람이다. … 방관(房琯)이 매번 덕수를 볼 때마다 탄식하며 말하길, '자지의 미목을 보는 것은 사람으로 하여금 명리의 마음이 모두 사라지게 한다.'고 했다. [元德秀字紫芝, 河南河南人. … 房琯每見德秀, 歎息曰, '見紫芝眉宇, 使人名利之心都盡.']"고 나온다. 나중에 '자지미우(紫芝眉宇)'는 남의 덕행이 고결함을 칭송하는 말로 쓰이게 되었다.

미목입헌(味木立軒)께 감사하며 상백헌이 절하였다.

여관이 쓸쓸하던 즈음 화려한 편지가 갑자기 와서 그대의 모습을 대한 듯 기쁘기 그지없었습니다. 허락하신 인주는 말씀하신대로 받았습니다. 감사드립니다. 며칠 후 다시 만나 뵈면 구면인 듯 바라다 보겠습니다. 이만 줄입니다.

이학사에게 아룀. 입헌. : 임술년(1682)에 제가 성취허(成翠虛),[42] 이봉명(李鳳溟)[43] 두 학사를 본서사(本誓寺)에서 만나 여러 차례 창화를 하였습니다. 세상이 바뀌고 세월이 흘러 30년이 지나갔습니다. 두 학사는 돌아가셔서 이미 만나볼 수 없게 되었습니다. 그러나 요사이 그대를 만날 수 있으니 만족합니다. 이에 절구 한 수를 지었습니다.

임술년 가을은 한바탕 꿈인듯	壬戌之秋夢一場
창백한 얼굴에 홀연 귀밑머리 서리가 보이네.	蒼顏忽見鬢邊霜
두 공은 이미 떠났으나 그대가 있어	二公既去明公在
도리어 우연히 만나 붓과 묵향을 기뻐하노라.	却喜萍蓬筆墨香

42 성취허(成翠虛) : 임술통신사 사행의 제술관 취허(翠虛) 성완(成琬)을 가리킨다.
43 이봉명(李鳳溟) : 임술통신사 사행의 서기 봉명(鳳溟) 이담령(李聃齡)을 가리킨다.

11월 4일 쓰시마 태수의 저택에서 마상재를 보고 지은 시를 이동곽에게 드림
十一月四日 對馬太守第 見馬上才之詩 呈李東郭

입헌

묵은 책에서 송형의 기예를 보았더니 陳篇曾見宋亨藝
굽혔다 폈다 종횡으로 자유로웠네. 曲直縱橫得自由
발꿈치 위로 하고 몸을 거꾸로 해 말을 몰아가니 跟上身顚驅馬去
단구(丹丘)[44]로 날아들어가는가 의심했었네. 却疑飛擧入丹丘

『금사(金史)』·「송형전(宋亨傳)」에 나오는 송형(宋亨)의 말타는 기예가 비슷했기 때문에 말한 것이다.

입헌 사백이 마상재를 보고 지은 시를 차운하여
奉次立軒詞伯視馬上才韻

동곽

사람 마음이 절로 말과 함께 하여 人心自與馬蹄謀
들락날락 오르락내리락 지척에서 말미암네. 出入飛騰咫尺由
회오리바람처럼 빨라 휙휙 바람을 일으켜 疾若回風吹飄飄
먼지를 쓸고 돌을 날려 숲과 언덕 쓸어냈네. 廓塵飄石箕林丘

44 단구(丹丘) : 신선이 산다는 곳. 밤도 낮같이 늘 밝아서 단구(丹丘)라 하였는데, 단구(丹邱)라고도 한다.

11월 6일 쓰시마 태수의 저택에서 삼한의 손님에게 잔치를 베푸는 자리에서 이동곽, 홍경호, 엄용호, 남범수 제 사백에게 드림
十一月六日對馬太守第 韓客饗宴之席 呈李東郭洪鏡湖嚴龍湖南泛叟四詞伯

입헌

음식은 진미를 갖추고 꽃은 가지 가득하니 膳有兼珍花滿枝
제군들이 여기 모여 어찌 시가 없겠는가? 諸君此會豈無詩
주거니 받거니 이리저리 함께 즐기니 獻酬交錯供歡樂
바로 소나무, 삼나무 운치가 있는 때로구나. 正是松杉風度時

범수에게 아룀. 입헌. : 족하께서 쓰신 관을 보니 건괘가 위에 있고 곤괘가 아래에 있게 그려져 있으니 천지가 막혀 통하지 않는 비괘(否卦)입니다. 제 생각에는 위에 곤괘가 있고 아래에 건괘가 있어야 땅과 하늘이 태평해지는 태괘가 되어야 마땅할 것 같습니다. 어디에 의미를 둔 것입니까?

대답함. 범수. : 쓴 관은 당나라 때 제작된 것입니다. 그 의의가 어디에 있는지는 모르겠습니다.

이학사에게 물음. 입헌. :

1. 온공의 『통감』에서 "자치(資治)"의 출처.

1. 서소문(徐昭文)은 원(元)나라 상우인(上虞人)인데 고증하는 글[45]에 스스로 서문을 쓰기를 "지정 을묘[46] 중추에 지었다."고 하였습니다. 『대명일통지(大明一統志)』[47]를 상고하면 그의 성명은 무엇입니까?

1. 빙지서(憑知舒)는 성화[48] 초 건안인(建安人)으로, 사실을 증험하는 글에 스스로 서문을 썼는데, "성화 원년 봄"이라고 하였습니다. 『대명일통지』에 미처 채집되어 들어가 있지 않으니 누구입니까?

1. 시문을 "수(首)"로 칭하는 것은 글자 의미의 출처가 어떠합니까?

1. 두연(杜燕)과 추홍(秋鴻)은 오가는 때가 다르니 같은 나라입니까, 아니면 다른 나라입니까? 대체로 기러기 종류는 가을에 왔다가 봄에 떠나 반년은 이곳에 있고 반년은 딴 곳에 있다고 하는데, 중국, 조선, 일본이 모두 같습니다. 딴 곳이 본국(일본)입니까? 이곳이 본국입니까? 기러기는 이 곳에 둥지를 틀지 않고 딴 곳에 둥지를 튼다고 하니 딴 곳이 본국입니까? 제비는 이 곳에 둥지를 틀고서 새끼 몇 마리를 데리고 떠나니 이 곳은 본국입니까?

---

45 서소문이 지은 『통감강목고증(通鑑綱目考證)』을 가리킨다.

46 지정 을묘 : 지정(至正)은 원나라 마지막 연호로 1341년에서 1367년까지 사용되었다. 이 사이 을묘년은 없다.

47 대명일통지(大明一統志) : 90권. 이현(李賢) 등의 봉칙찬(奉勅撰)으로, 1461년(天順 5)에 완성하였다. 『대원일통지(大元一統志)』를 본떠서 명나라의 중국 전역과 조공국(朝貢國)의 지리를 기술한 총지(總志)이며, 각종 지도를 게재한 다음, 풍속·산천 등 20항목으로 나누어 설명하고 있다.

48 성화 : 성화(成化)는 명나라 연호로 1465년에서 1487년까지 사용되었다.

이상을 물으려 합니다.

동곽이 말하였다.
"이와 같이 바쁘고 급박하니 밤사이 자세히 보겠습니다. 날이 밝기를 우러러 봉주에게 나아가게 하면 될 것입니다."

입헌 사백에게 답을 올림. 동곽. :
1. 『자치통감』은 사마광이 지은 것으로 자체로 한 부를 이루는 것이니 어찌 다른 책에 뒤섞여 나오겠습니까? 다만 일을 기록한 것이 사서의 체재를 크게 그르쳤습니다. 촉한(蜀漢)이 위(魏)를 정벌한 것을 '쳐들어왔다' 하고 소열제(유비)를 정통이 아니라고 한 것 같은 일들은 특히 알 수가 없습니다. 속수(涑水)[49]의 큰 유학자가 오히려 이 같은 말을 했으니 사서를 쓰는 재주의 어려움을 알만 합니다.

1. 빙지서, 서소문이 사기에 들어가지 않은 것은 보여주신 바와 같습니다만, 자고로 벼슬을 거쳐 재상에 이른 자 가운데 당시의 역사서에 실리지 않은 사람이 많습니다. 이것은 대개 역사를 기록하는 자가 사실을 서술한 문장입니다. 그때 특별히 한 단락 기록할만한 일이 없으면 생략하는 것이 본래 그렇습니다.

49 속수(涑水) : 포주(蒲州)에서 황하로 흘러드는 강으로, 속수서원(涑水書院)이 있다. 사마온(司馬溫)의 별호였는데, 사마온이 그 곳 읍령(邑令)으로 있을 때 아들 사마광(司馬光)을 여기서 낳았고, 사마광은 『속수기문(涑水紀聞)』 16권을 찬(撰)하였다 하여 '사마광'을 지칭할 때 쓰인다.

1. 시문을 "수(首)"로 헤아리는 것은 당송 시대의 문자입니다. "천 수의 시로 만호후를 가볍게 여기다"[50]라는 것이 이것입니다. 사람을 셀 때는 "구(口)"라 하고 물고기를 셀 때는 "미(尾)"라 하며 "두(頭)"로는 소와 짐승, 가축을 세니 각기 그 의미가 있습니다. 시문을 "수"라고 칭하는 것은 아마 "수"라는 것이 사람의 머리라서 이것에 의거해 말하는 것 같습니다.

족하께서는 혹시 날짐승을 "수"라고 칭하는 것에 의문을 가져서 이 질문을 하신 것입니까? 어찌 그 사이에 대단히 깊은 뜻이 있을 수 있겠습니까? 대저 고인의 칭호는 알 수 없는 것이 많습니다.

이학사께 답장함. 입헌. :

1. 『자치통감』에서 사마광이 촉한이 위를 정벌한 것을 "입구(入寇)라고 한 것, 소열제를 정통이 아니라고 한 것 등의 일은 사서의 체재를 크게 그르쳤다고 한 공의 오묘한 논리는 지당합니다. 송나라, 명나라 선진 유학자가 상세히 논하였으니 저희들이 그 사이에 끼어들어 입을 놀릴 틈이 없습니다. 그러나 6백년 후 왜국에서 태어났어도 오히려 유감이 있는데 하물며 재덕이 있는 사람이겠습니까? 제갈공명의 현명함으로 분명 의를 그르칠 리가 없습니다. 동파가 "『출사표』와 『이훈(伊訓)』의 「열명(說命)」편은 서로 표리가 된다."라고 하였습니다. 제가 살펴보니 지나친 논의가 아닙니다. 공의 견해는 어떠하십

50 부설거사(浮雪居士) 사부시(四浮詩)의 한 구절이다. (錦心繡口風雷舌, 千首詩輕萬戶候, 增長多生人我本, 思量也是虛浮浮)

니까?

다만 물은 것은 "통감" 전부의 의의가 아니라 "자치" 두 글자의 출처였습니다. "통감" 두 글자는 『설원(說苑)』[51]에 『춘추(역사서)』는 나라의 거울[鑑]이 된다."라고 하였으니 이것은 이 예를 근거로 한 것입니다. "자치" 두 글자가 어느 책에서 나왔는지 듣고 싶습니다. 제 질문이 비록 공의 사무에 방해가 될지라도 저에게는 큰 도움이 됩니다. 엎드려 바라건대 가르침 보이기를 아끼지 마십시오.

1. 시문을 "수"로 칭하는 문제는 "사람을 셀 때는 "구(口)"라 하고 물고기를 셀 때는 "미(尾)"라 하며 "두(頭)"로는 소와 짐승, 가축을 세니 각기 그 의미가 있는데, 시문을 "수"라고 칭하는 것은 아마 "수"라는 것이 사람의 머리라서 이것에 의거해 말하는 것 같다"라고 하셨습니다. 오묘한 이론을 들으니 비로소 시문을 "수"라고 칭하는 의미를 터득하였습니다. 마음에 깊이 새기고 새기겠습니다. 당송 이전에 "수"라고 칭한 경우는 소명의 『문선(文選)』에 "「여사잠(女史箴)」 1수, 「봉연연산명(封燕然山銘)」 1수, 「제굴원문(祭屈原文)」 1수"라고 하였으니, 이런 종류가 많습니다. 바쁜 와중이라 공께서 우연히 실수하셨을 뿐입니다. 엎드려 헤아리겠습니다.

51 설원(說苑) : 한나라의 유향(劉向)이 편찬한 책이다. 20권으로, 어떤 사실에 대해 설명을 달리하는 여러 책의 내용을 발췌해서 정리한 책으로서 시비(是非)를 정하지 않고 양쪽의 설을 모두 수록하였음. 군도(君道)·신술(臣術)·건본(建本)·입절(立節)·귀덕(貴德)·복은(復恩)·정리(政理)·존현(尊賢)·정간(正諫)·법계(法誡)·선세(善說)·봉사(奉使)·권모(權謀)·지공(至公)·지무(指武)·담총(談叢)·잡언(雜言)·변물(辨物)·수문(修文)·반질(反質)의 20편으로 구성되어 있다.

이학사가 미목선삼랑(味木善三郎)이 쓴 글자를 보고 "나이는 어리나 필체가 노성하니 진실로 미목입헌(味木立軒)의 천리마가 될 망아지로구다."라고 글을 써주었다.

용호는 "약관의 나이에 필체가 강건하니 지금 세상에 보기 드물도다. 경축할 만하도다. 경축할 만하도다."라고 글자를 썼다.

범수는 "그대의 형제를 보니 진실로 사정지란(謝庭芝蘭)[52]이라 이를 만 하니 눈이 닫는 데마다 옥 같은 인재로다. 필법에 더욱 본받음이 있으니 가상하고 가상하도다."라고 글자를 써주었다.

경호가 옆에서 "천리구(千里駒)"라는 세 글자를 써서 주었다.

이에 앞서 범수가 입헌의 적자 반조위문(半左衛門)호는 철헌에게 말하였다.

"총각 역시 아드님입니까?"

철헌이 말하였다.

"제 아우입니다."

범수가 말하였다.

"아드님이 영특하고 숙성하니 사랑스럽고 사랑스럽습니다."

52 사정지란(謝庭芝蘭) : 집안에 훌륭한 인재가 많음을 뜻함. 진나라 태부인 사안(謝安)의 집안에 인재가 많았다는 데에서 유래하였다.

이학사에게 족집게를 드리며
奉鑷子李學士

입헌

그대에게 권하노니, 살짝 옆 머리털 뽑지 마오. 勸君莫鑷鬢邊絲
가지고 놀면 적막한 시간 줄일 수 있을 것이오. 玩弄堪消寂寞時
도리어 머리 가득 수천 점 내린 눈을 기뻐하여 却喜滿頭千點雪
한림학사 소식의 시를 읊어야 하리. 須吟內翰大蘇詩

입헌의 시에 차운하여
奉次立軒詞案

동곽

겨자처럼 희끗하고 실처럼 허옇건만 蒼如老芥白如絲
늙은 후 공교롭게 나그네 노릇 할 때 老後偏生作客時
날마다 뿌리 뽑느라 족집게를 보배로 여겨야 하니 日日除根須寶鑷
훌륭한 선물에 못난 시로 답하려 하네. 欲酬佳貺媿荒詩

입헌에게 아룀. 동곽. : 지난번 각종 선물을 주셔서 매우 감사드립니다. 떠나온 중이라 다른 가진 것이 없어 답례를 할 수 없으니 아직도 게으름을 탄식하고 있습니다.

그대들이 이미 임기를 마치는 때가 되어 대도두(大刀頭)[53]의 날이 이미 닥쳤기에 율시 한수를 지어 이학사, 홍경호, 엄용호, 남범수 사백들에게 바치며

諸君旣及瓜時 大刀頭日已逼 聊賦一律奉呈李學士洪鏡湖嚴龍湖南泛叟諸雅詞壇

입헌

멀리 사신 따라 해양을 건너온 遠隨星使渡洋海
경건한 의관의 한국 현인들. 濟濟衣冠韓國賢
꽃이 사신 깃발에 어리니 진땅 나무[54]의 새벽이요 花映旌旗秦樹曉
구름이 칼과 패옥 찬 이를 맞으니 한나라 궁궐의 하늘이로다. 雲迎劍佩漢宮天
문원은 꽃다운 이름을 천년 후까지 전할 것이요, 流芳文苑千年後
무장(武藏)이 명예를 차지한 것은 한 세대 전이네. 奪譽武藏一世前
떠날 채비 이미 촉박한데 영예 다투어 무엇하랴. 爭奈榮旋裝已促
은안장 한 백마가 문가에 가득하네. 銀鞍白馬滿門邊

부채에 시를 지어 입헌 사백에게 드림

扇面題詩贈立軒詞伯

동곽

부채면은 사람 얼굴에 해당하고 扇面當人面

53 대도두(大刀頭) : 고향으로 돌아감을 뜻한다. 칼등 끝에 고리 장식이 있는데, 고리 장식을 뜻하는 환(環)과 환(還)이 음이 통하므로 은어로 사용되었다.

54 진나라 나무 : 두보의 시 「춘일억이백(春日憶李白)」에서 연유한 말로, 진땅의 나무는 붕우 간에 오랫동안 멀리 떨어져 있으면서 서로 그리워하는 정을 표현할 때 쓰는 말이다.

그대 마음은 내 마음과 비슷하니　君心似我心
그리울 때 펼쳐서 보면　思時須展看
답답한 마음 씻어내기 충분할게요.　猶足滌煩襟

이학사가 부채에 시를 써 주신 데 감사하며
奉謝李學士賜題詩扇

입헌

용이 뛰어올라 부채 면에 날아가고　龍跳飛扇面
범이 누어 사람의 마음 경계하네.　虎臥警人心
짙은 먹으로 쓴 몇 행의 글자　濃墨數行字
남은 향기 소매에 가득하게 잡히네.　餘香攜滿襟

이동곽이 자금정 2매, 박하향 10환, 붓 1자루, 먹 1개를 남겨주어 시를 지어 감사하며
李東郭留贈紫金錠二枚薄荷香一丸筆一枝墨一笏 詩以奉謝

입헌

좋은 약은 처방이 있어 효과 절로 이루어지니　良藥有方功自成
향기로운 자금정과 박하향 맑구나.　芬芬紫錠薄荷清
비 갠 창가 먹 갈고 붓 휘두르던 곳에서　晴窓磨墨揮毫處
산 구름과 바다에 뜬 달의 정경을 다 써내었네.　書盡山雲海月情

입헌 사백의 시에 차운하여
奉次立軒詞伯

동곽

객관에서 30일 동안 좋은 만남을 이루었으니	賓館三旬好會成
그대의 풍골이 옥병처럼 맑음을 사랑하노라.	愛君風骨玉壺淸
하찮은 먼 지방 나그네에게 그대는 무얼 취하였나	空疏遠客君何取
시를 짓다 자주 두터운 정에 감동했네.	詩賦頻煩感厚情

동곽, 경호, 용호, 범수 네 사백에게 아룀. 입헌 :
송백(松柏)은 풍상을 실컷 머금은 후에야 동량의 역할을 이겨내고, 사람은 반드시 굶주림에 시달린 후에야 절도를 잃고 즐기는 태도가 없어집니다. 지금 그대들은 수천 리 해양을 건너와 53개의 역로를 거쳤으니 바람에 빗질하고 빗물에 목욕하며 험난함을 건너고 넘어온 노고를 말로 다 할 수 없습니다. 그러나 사물의 이치를 깨닫고 널리 보는 하나의 단서일 것입니다. 저는 고루하고 들은 것이 적으나 하늘이 기이한 인연을 빌려주어 그대들을 만났습니다. 실로 진일보했음을 깨달았으니 각자 무익하지는 않았습니다. 지극히 다행이라 생각하고 감사드리며 절구 3수로 송별합니다.

나무는 봄기운 품을 때 해구가 통해	樹含春意海門通
사람은 비단 닻 푸는 난초 배에 있구나.	人在蘭橈錦纜中
한나라에 자경[55]이 있고 원나라에 혁경이 있었으니	漢有子卿元赫脛

짧은 편지 써서 가을 기러기에게 부치길 청하리.	請修短札奇秋鴻
인생에 기댈 데 있어도 슬픔은 풀리지 않으니	人生有憑不解悲
천체의 운행은 사계절을 순환하네.	天運循環自四時
운해로 막혀 천 리를 떨어지더라도	雖然雲海隔千里
이별하는 마음은 재회를 기대함을 알고 있네.	一別心知再會期
흰 망아지 매려해도 버드나무가지가 없고	維縶白駒無柳枝
돌아갈 길 기한 있어 임기를 다하였네.	歸休有限及瓜時
무슨 물건 그대에게 보내랴?	直將何物送君往
한 자루 작은 칼과 수 편의 시라네.	一柄小刀數首詩

이백의 시에 "평생의 보검 한 자루를 사귐을 맺은 사람에게 보내네."라고 하였습니다. 물건이 비록 보잘 것 없지만 마음은 같으니 마음을 보일 뿐입니다.

삼가 입헌 사백의 이별시 3수를 차운하여

敬次立軒詞伯贈別韻三首

나그넷길 창해는 만 리에 통하고	客路滄溟萬里通
절경은 풀숲 가운데 숨어 있구나.	絶勝跧伏草萊中

55 자경(子卿) : 흉노에 사신을 가서 19년간 억류되어 있었던 한나라 소무(蘇武)를 가리킨다.

한 해 넘긴 여행길 누가 짝을 하였나? 經年行李誰爲伴
단지 남쪽에서 북쪽으로 가는 기러기뿐이었네. 只有南來北去鴻

장부가 가볍게 이별해도 슬픔은 절로 생기는데 丈夫輕別自生悲
그대 남고 나는 떠나니 이를 어쩌겠소. 奈此君留我去時
고개 돌려 운해로 막힌 영주를 바라보니 回首萊州雲海隔
가련하네, 단란한 모임 다시 기약 없으니. 可憐團會更無期

헤어질 때 역에 있는 매화가지 꺾어 보내니 臨分折送驛梅枝
바로 도성문 해질 때라네. 正是都門落日時
하늘 밖에서 그리워해도 얼굴 본 듯 할 테니 天外相思如對面
갑 안에 날선 칼과 소매 속 시가 있기 때문이네. 匣中霜鍔袖中詩
신묘년 11월 상순 삼한 동곽 드림.

사신의 행차가 이미 강호를 출발하자 나는 그리움을 못 이겨 오언율시 한 수를 지었다. 이학사에게 드리고 아울러 경호, 용호, 범수 사백들에게 부친다.

文旆已發江城[56] 僕不勝思慕 聊賦五言一律 奉呈李學士 兼寄鏡湖龍湖泛叟諸詞伯

입헌

교유하는 30일 동안 交游三十日

56 강성(江城)은 막부의 장군이 있던 강호(江戶, 에도)를 가리킨다.

빈관에 누차 머물렀네. 賓館屢留連
탁한 술로 행색을 재촉하고 濁酒催行色
맑은 시로 이별 자리 아쉬워했네. 淸詩惜別筵
우진곡에 서리가 밟히고 履霜宇津谷
부사산 고개에 눈이 쌓였으니 積雪士峰巓
천리 진경까지 가는 길 千里秦京路
안장 위에서 함부로 잠들지 마오. 征鞍莫浪眠

입헌의 운에 차운하여
奉次立軒韻

동곽

서쪽 끝으로 외딴 배 멀어지니 西徼孤帆遠
동쪽 관문 한 가닥 길 이어져 있네. 東關一路連
취하면 빈관의 달이 그립고 醉思賓館月
꿈에는 절에 있던 잔치 자리에 갔었지. 夢落寺樓筵
깎아지는 고개 구름이 나무보다 아래 있고 絶嶺雲低樹
높은 산은 눈이 꼭대기를 안고 있네. 高山雪擁巓
기다리는 사람은 더욱 근심하리니 依人愁更苦
추운 밤 잠 못 이루겠네. 寒夜不成眠

입헌께 드리는 글

이별한 그리움이 날마다 쌓여 특별히 즐거움을 느끼지 못해 잃은 듯 하였습니다. 도중에 멀리에서 특별히 보내온 글을 삼가 받들고 새해에 살펴보았습니다. 존후를 보중하시니 매우 위로가 됩니다. 삼가 다시는 훌륭한 말씀을 받들지 못할 듯한 데도 오히려 연회자리에 있는 듯합니다. 바람에 막히고 비에 막혀서 겨우 일기도(壹岐島)에 도착했습니다. 앞길이 여전히 묘연하여 머리를 하얗게 만듭니다. 보내온 선물은 마음을 받겠습니다. 어떤 말로 감사하겠습니까? 보내오신 시는 삼가 화운하여 보냅니다. 정은 넘치나 말이 막혀 시가를 이루지 못했습니다. 이후 소식을 통할 길이 없겠지요. 종이를 대하여 서글퍼할 뿐입니다. 스스로 몸을 아끼시어 멀리 있는 구구한 정에 따라주시길 기원합니다. 이만 줄입니다. 삼가 감사드림을 헤아려주십시오.

임진년 2월 초하루 동곽 이현.

광릉문사록 상권 마침.

廣陵問槎錄 卷上

《廣陵問槎錄》者，藝文學味君允明，與其文人寺鳳翼氏，所謂應酬查客者。詩書牘筆語，具是允明於東都、鳳翼於西都，而一繫之。廣陵者，所事之國治在是。頃味君因岡生謁予一言，有以標目之。夫予於世一鴻毛，庸何能取二君子之重乎？且味君者今國子先生高弟弟子，早歲蜚譽，應聘大國，其文章學術業，已經伯樂一顧者，是固亡論已。雖然，予獨愛鳳翼氏之業，清綺整贍，出瀛入奎，寒水青藍，駸駸乎未已，可謂不易得之才矣。有才若斯，何問調之同不？方今文明燭運，多士炳蔚，而求其能洗鴃滌侏，卓犖乎衆楚之咻者，千百人中無一人也。予經營斯文十有餘年，厪獲吾藤、縣二子，以自憙之。今而覩之子，則又愕然異之。夫深山大澤，實生龍蛇，是知廣陵之爲大藩哉！吾聞之，廣陵瀕大海，其怪異詭觀，豈多讓於枚叔《七發》中者邪？夫潮汐之所廻環、波濤之所激湯，若其澎湃洶湧，嗡雷噴雨，誠奮厥武，如振如怒，橫暴之極，山嶽爲崩，上擊下律，決勝乃罷者，其勇爲然。少焉風息，寂寥若寤，皓魄浮彩，青蘋不動，灝灝涽涽，練縈素暎乎洲隖、汀陼之間，則清而如淺，揭厲狐疑，文貝斑石，粲然見底，細淪若織，小漪似縠，海松石帆，纖悉可翫者，是鳳翼氏之所資歟！毋乃遠人修聘所涂由，西諸侯之供是役，舟楫之戒、利涉之險，是其所慮耶？以故柔其色、孫其言, 惟眞宰之愁是懼耳。不者, 以彼其才, 而張以大之, 何勇不可賈乎? 吾聞之, 昔有皇嫛之女, 降居藐汭者, 善鼓瑟, 其和象鳳凰之鳴, 其變中帝軒轅之律呂, 希音髣髴, 玄感鬼神, 風雨初歇, 夜深人靜, 髣髴乎庶幾一擧之。鳳翼氏歸其學諸, 則和以濟淸, 變以和整, 寓綺于玄, 約纖于希, 以飜飛開天之上, 翺翔漢、魏之際, 鏘鏘秋秋, 其調卒可以弗畔矣乎? 夫然後爗然成五色, 以被其身, 是眞鳳翼哉! 是眞鳳翼哉! 當其時, 海內覩鳳之望, 亦何在韓人邪? 則安用是編爲也? 予老矣! 後死斯文之托, 吾視猶吾滕、縣二子已, 是足以見味君育英之樂也, 遂敍。

正德壬辰秋九月望, 東都 物茂卿撰。

《廣陵問槎錄》上

崎山 山田敬 適意錄。

榛溪 藤田覺 天游校。

《禀》立軒

"僕姓味木, 名虎, 字允明, 別號立軒, 遊於林祭酒之門也久矣。于時仕藝州太守。"

《復》東郭

"僕姓李, 名礥, 字重叔, 號東郭, 生甲午, 乙卯爲進士, 癸酉爲文科壯元, 丁丑爲重試及第, 官安陵太守, 以製述官來到耳。"

《稟》立軒

"東都人士, 引領西望, 待文旆之來, 若慶星景雲, 爭先覩之爲快, 僕何幸天假奇緣? 始接鰈域英豪 欣慰。"

《復》東郭

“久聞盛名，今接芝眉，實副雅願，欣慰幸幸。”

《奉呈李學士洪鏡湖兩詞伯》立軒

天長海闊自無塵，處處雲山客路新。始接豪英言語異，纔題文字換吟唇。

《奉次立軒韻》

鶴骨清癯迥出塵，喜從江海托交新。盈盤露橘堆千顆，美味輸君一入唇。

辛卯之孟冬，東郭稿。

詩以前東郭手取葡萄與余，余受而措之不食，訝其不嗜，又取紅橘二顆與之，余又受而不食，形語食之，故句中屢及橘事。

《奉次立軒惠韻》

愛君瀟灑出風塵，訪我禪房意更新。只恨嬰痾方伏枕，對樽孤負一霑唇。

鏡湖稿。

《李學士辱賜清和用前韻奉謝》立軒

文會從來絶世塵，盈盤黃橘露香新。手中二顆荷眞味，使我欣然笑啓唇。

《走次立軒韻》東郭

寺樓孤迥絶纖塵，杉橘蕞寒霽色新。要把清談桃晩興，索詩何必鼓吟唇?

《又呈李學士》立軒

賜臣贈母道相同，淮海、楊州厥包通。愛亦程堂堂上客，洞庭春色坐春風。

《李洪兩詞伯辱賜清和走筆賦一律奉謝》立軒

身著暑衣始下船，征帆日日破溟煙。橙黃橘綠停槎地，蘆白楓紅落木天。蜻洲騷客異言語，鰈域佳賓捷賦篇。殘墨餘香談未了，重來兼約陪華筵。

《稟龍湖泛叟兩詞伯》立軒

"春來九夏，秋末冬初，待文旆之來，疇昔留連於簪紳文會之席，然而事務繁冗之際，未通姓名，遺恨如山。今者得接芝宇，甚愜鄙懷，欣慰至幸。"

《奉謝立軒詞案》龍湖

"久仰盛名，今接芝宇，實副雅願，況聞臨川詞伯座下門弟？曩在浪華時，與臨川托契，誼分旣深，尤不勝欣嚮之忱。"

《奉謝立軒詞案》泛叟

"曾因阿戎，久聞聲筭，卽接芝眉，如對玉山，欣慰可喩？"

《稟泛叟》立軒

"寺田臨川者，僕之門客，而有子弟之誼也。聞道攝州 浪速旅況，明公與臨川，有傾蓋之契，卽浴垂青，屢有唱和。且談和之餘，語及僕事，欣慰多謝。"

《復立軒詞伯》泛叟

“示意謹悉, 臨川近住何處耶?”

《稟李學士詞伯》立軒

“德業流風, 夙所欽也。疇昔始挹龍光, 甚愜鄙懷, 一見卽浴垂青, 榮超望外。今日爲謁明公, 爰再來耳。”

《奉謝立軒詞案》東郭

“一奉之後, 無緣更奉, 方用膽悵, 此承淸咳, 幸可言哉? 俄者盛貺, 感篆感篆。”

《稟鳳洲》東郭

“君之伯父立軒, 居在此地, 必爲之周旋, 一者請來如何?”

《稟鏡湖詞伯》立軒

“久聞芳譽, 昨始接芝宇, 更辱和篇, 但恨相見之晩耳。景慕風姿, 今又來矣。”

《奉謝立軒》鏡湖

“偶因齊事, 屢違高會, 今接僉議, 何幸幸?”

《奉呈龍湖泛叟兩詞伯》立軒

春夏之交秋末冬, 登高引領望淸容。可憐禪寂無塵地, 今日硯前得一逢。

《奉次立軒詞伯惠韻》龍湖

客裡光陰已涉冬, 風煙蕭索對山容。寥寥旅館誰相訪, 何幸今朝韻士逢?

《奉次立軒老詞伯》泛叟

高堂不復怕嚴冬, 爲對和風動粹容。 海外聞名今已久, 如何此日晩相逢?

《奉呈東郭鏡湖龍湖泛叟諸雅詞壇》立軒

數千里外一蓬身, 五十三程羈旅賓。關山阻絶塞鴻斷, 知是枕邊歸夢頻。

《奉次立軒詞伯韻》東郭

萬里飄飄愧此身, 枉敎多士喚佳賓。此行知有三生債, 拚和淸篇不厭頻。

《奉次立軒高韻》鏡湖

隨槎萬里遠遊身, 恰似天南旅雁賓。却喜坐間珠錯落, 不嫌佳句寄來頻。

《稟立軒》嘗百軒

"俺姓奇, 名斗文, 字汝章, 號嘗百軒, 時任朝散大夫典涓司直, 以良醫來耳。"

《復嘗百軒》立軒

"夙聞姓名, 未遂披雲, 何幸今日萍蓬? 一見乃知公軒岐之傑然者也。"

《復立軒詞伯》嘗百軒

"不意今者, 連袂相對, 暫時設懷, 不勝喜幸, 書辭中以軒、岐之風稱之, 此亦過矣。心深恧怩耳。"

《奉呈鏡湖龍湖泛叟三雅伯》立軒

“夫鏡之爲體也, 所以照形之器也。蓋人短於自見, 必須假此觀面焉。古人有水鑑、有龜鑑, 有三鏡、有七鏡, 不翅分容貌妍媸, 其爲德也, 不可勝言。於此獻之, 笑納荷荷。”

《奉謝立軒惠贈鏡面輪圖》

寶鑑埋沒, 幾年第塞。趨向迷方, 半世擿埴。

“承此珍惠, 快若披霧。尙以拙語, 從後仰酬。幸惟諒照。鏡湖、龍湖、泛叟。”

《奉呈立軒詞案》龍湖候柬。

“日昨良覿, 幸遂識荊之願, 迄今榮幸。伏惟辰下啓居珍毖, 僕粗保客狀, 而歸期尙稽, 悶菀何喩? 前惠菱鏡、磁針, 實出心貺, 攢謝無已。餘不宣。統惟榮助。辛卯至月日, 龍湖 嚴漢重拜。”

“扇一把、筆一枝、墨一笏, 忘略呈似, 領情勿却如何? 前惠詩韻, 自爾擾棼, 未能和呈, 肯俟後日, 構成付呈, 令咸便丕計。”

《奉復嚴龍湖案下》立軒

“辱賜瑤函, 開緘高情滿繭, 宛如對手容。時下起居萬福, 動靜戩穀, 欣慰多幸。定知歸期在邇, 勿勞貴慮。惠賜扇一把、筆一枝、墨一笏, 何賜加之? 扇以收之筐笥, 待來歲以拂炎熱之苦, 筆以揮千軍之雄, 墨以充文房之用, 多謝多謝。餘期面罄。辛卯至月日, 承前所呈之詩, 賜淸和肯俟後日之構成, 僕聞之喜不寐, 旦夕望之。憑君傳語李學士、鏡湖·泛叟兩詞伯, 乞淸和之意相同, 若賜片言隻字, 寔如得雙璧。統惟良察。”

《立軒贐余一鏡仍有戒語意甚盛也詩以奉謝》泛叟

姸媸在我爾何功，且愧霜毛照箇中。三鑑一言知有戒，百年深佩可忘公?

“別扇一把、黃毛筆一枝、眞墨一笏，所送立軒詞伯也”

《泛叟詞伯辱賜謝菱鏡詩次淸韻奉謝》立軒

不偏眞成是此中，發來達道許多功。心如明鏡虛靈體，照物無私自至公。

《用前韻奉謝泛叟惠賜別扇一把黃毛筆一枝眞墨一笏》立軒

情顯言言句句中，且將捷扇立奇功。黃毛眞墨焉何事? 書去書來不忘公。

《卒賦一絶呈泛叟詞伯》立軒

多病老來猶接塵，山林有約豫求隣。韓賓歸去與誰伴? 不若讀書友古人。

《呈泛叟詞伯》立軒候柬。

“不覿魯山，瞬目累日恭詢，足下動定休暢，怡然順適，定知歸期在邇，伏祈寐食自玉，葭月日。”

《稟立軒》嘗百軒

“圖書所入朱紅，少許今日，用之何耶?”

《復嘗百軒》立軒

“今日不携，還家重來，贈之。”

《呈嘗百軒》立軒

“纔一交臂，推心置人腹中，僕何幸遭此奇緣哉? 欲常常而見而已。所約圖書所入朱紅，附托鳳洲傳達之於足下。餘期石上一株松。”

《奉謝味木立軒案下》卽嘗百軒頓拜。

“旅館寥亮之際，華牘忽墜，如對高眼，欣喜無已。所諾印朱，依受感謝耳。日後更逢，則猶若舊面，懸望懸望。不備伏惟。”

《稟李學士》立軒

“壬戌之歲，僕邂逅成翠虛、李鵬溟二學士，於本誓精舍，屢有唱和也。物換星移，荏苒三十年，二學士物故，旣不得見也。然辰下得見明公，則足矣。仍賦一絶。”

壬戌之秋夢一場，蒼顔忽見鬢邊霜。二公旣去明公在，却喜萍蓬筆墨香。

《十一月四日對馬太守第見馬上才之詩呈李東郭》立軒

陳篇曾見宋亨藝，曲直縱橫得自由。跟上身顚驅馬去，却疑飛擧入丹丘。

《金史列傳·宋亭傳》宋亭馬藝相似故云爾。

《奉次立軒詞伯視馬上才韻》東郭

人心自與馬蹄謀，出入飛騰咫尺由。 疾若回風吹飄飄，廓塵飄石箕林丘。

《十一月六日對馬太守第韓客饗宴之席呈李東郭洪鏡湖嚴龍湖南泛叟四詞伯》立軒

膳有兼珍花滿枝，諸君此會豈無詩？獻酬交錯供歡樂，正是松杉風度時。

《稟泛叟》立軒

“見足下所著之冠，畫上乾下坤，天地否之卦也。愚謂當上坤下乾，地天恭之卦也。義之所在如何?”

《復》泛叟

“所著之冠，唐之作也，不知其義之所在也。”

《問李學士》立軒

一 溫公《通鑑》“資治”出處。

一 徐昭文，元 上虞人，自敍《考證文》曰：“至正乙卯中秋作。”考之《大明一統志》，夫其名氏何人也?

一 憑知舒，成化初建安人，自序質實文，乃成化元年春也。考之《大明一統志》，未及採入，何人也?

一 詩文之以“首”稱者，字義出處，如何?

一 杜燕、秋鴻，來去不同時，夫同國乎？抑別國乎？大都鴻寫之類，秋來春去，半歲在此，半歲在彼，蓋中華、朝鮮、日本，皆相同也。彼爲本國乎？此爲本國乎？鴻鴈不巢於此地，而巢於彼地，彼爲本國乎？燕者巢於此地，而將數子而去，此爲本國乎?

右要聞之。

東郭曰：“忙迫如此，夜間當詳覽，仰蒼明，就夫鳳洲去是可。”

《奉復立軒詞伯》東郭

一《資治通鑑》以司馬光所撰, 自成一部, 豈錯出於他書乎? 第其記事, 大失史體, 如以蜀漢之伐魏爲入寇, 此以昭烈謂非正統。此等事, 殊未可知也。以涑水之大儒, 猶作如此語, 史才之難, 可知矣。

一 憑知舒、徐昭文之不入於《史記》, 誠如所視, 而自古經官至大相者, 多有不載於當世之史者。此蓋史者敍事之文也。其時別無一段可記之事, 則略之固矣。

一 詩文之以"首"稱者, 蓋唐、宋間文字也, 以"千首詩輕萬戶候"者是也。數人以"口", 數魚以"尾", 以"頭"數牛及獸畜, 各有其義, 而詩文之以"首"稱者, 蓋以首者人之元也。據此而言也。足下其或有疑於飛禽, 亦以首稱而有此問耶? 豈能有大段深義於其間乎? 大抵古人稱號之不可知者甚多。

《復李學士案下》立軒

一《資治通鑑》司馬光 如以蜀漢之伐魏爲入寇, 此以昭烈謂非正統, 此等事, 大失史體, 明公玄論至當也。宋、明先儒之論詳矣。僕等不暇容啄於其間也。然而六百年後, 生於於倭國, 猶有遺憾, 況才德之人乎? 夫以孔明之賢, 必不可有誤義也。東坡曰: "《出師表》與《伊訓》《說命》相表裡."愚按不以爲過論, 明公所見如何? 但所問者, 非《通鑑》全部之義, "資治"二字出自也。通鑑二字, 《說苑》曰: "《春秋》者, 國之鑑也." 此爲據此例也。要聞資治二字, 出於何書? 凡愚問雖妨公之事務, 而於我有大益, 伏乞莫惜示教。

"詩文之以首稱者, 數人以口, 數魚以尾, 以頭數牛及獸畜, 各有其義, 而詩文之以首稱者, 首者人之元也。據此而言也"云。聞玄論, 始得詩文之以首稱之義, 銘肝銘肝。蓋唐、宋以前, 以首稱者,《昭明文選》曰: "《女史箴》一首、《封燕然山銘》一首、《祭屈原文》一首, 此類數多也。忙迫之間, 明公偶失而已。伏惟宥恕。

李學士見味木善三郎所書之字, 題曰: "年稚筆老, 眞味木立軒家千里駒也。"

龍湖題字曰: "弱歲健筆, 今世罕見, 可賀可賀。"

泛叟題字曰: "看君兄弟, 眞可謂謝庭芝蘭, 觸目琳琅也。筆法尤有步趣, 可嘉可嘉。"

鏡湖在側, 書"千里駒"三大字, 與之。

前此, 泛叟稟立軒嫡男半左衛門【號徹軒】曰: "總角亦賢胤耶?" 徹軒曰: "吾弟也。" 泛叟曰: "胤郎岐嶷夙成, 可愛可愛。"

《奉鑷子李學士》立軒

勸君莫鑷鬢邊絲, 玩弄堪消寂寞時。却喜滿頭千點雪, 須吟內翰大蘇詩。

《奉次立軒詞案》東郭

蒼如老芥白如絲, 老後偏生作客時。日日除根須寶鑷, 欲酬佳貺媿荒詩。

《稟立軒》東郭

"前前各種惠物, 珍謝萬萬。行中無他所儎, 不得答謝, 尙爾懶歎。"

《諸君旣及瓜時大刀頭日已逼聊賦一律奉呈李學士洪鏡湖嚴龍湖南泛叟諸雅詞壇》立軒

遠隨星使渡洋海，濟濟衣冠韓國賢。花映旌旗秦樹曉，雲迎劒佩漢宮天。流芳文苑千年後，奪譽武藏一世前。爭奈榮旋裝已促？銀鞍白馬滿門邊。

《扇面題詩贈立軒詞伯》東郭
扇面當人面，君心似我心。思時須展看，猶足滌煩襟。

《奉謝李學士賜題詩扇》立軒
龍跳飛扇面，虎臥警人心。濃墨數行字，餘香携滿襟。

《李東郭留贈紫金錠二枚薄荷香一丸筆一枝墨一笏詩以奉謝》立軒
良藥有方功自成，芬芬紫錠薄荷淸。晴窓磨墨揮毫處，書盡山雲海月情。

《奉次立軒詞伯》東郭
賓館三旬好會成，愛君風骨玉壺淸。空疏遠客君何取？詩賦頻煩感厚情。

《稟東郭鏡湖龍湖泛叟四詞伯》立軒
"夫松柏飽風霜而後，勝梁棟之任；人必勞餓空之而後，無充詘之態。今玆諸君，渡數千里之洋海，經五十三程之驛路，櫛風、浴雨、涉險、凌難之勞，不可勝言也。然而格物博覽之一端乎！僕孤陋寡聞也，天假奇緣，謁見諸君，實覺有進一步，各不爲無益也，至幸多謝，送別以絶句三首。"

樹含春意海門通，人在蘭橈錦纜中。漢有子卿 元 赫脛，請修短札奇秋鴻。

人生有憑不解悲，天運循環自四時。雖然雲海隔千里，一別心知再會期。

維縶白駒無柳枝, 歸休有限及瓜時。直將何物送君往? 一柄小刀數首詩。

【李白詩曰: "平生一寶劍, 特送結交人。" 物雖甚劣, 情乃相同, 聊以表寸忱而已。】

《敬次立軒詞伯贈別韻三首》

客路滄溟萬里通, 絶勝跧伏草萊中。經年行李誰爲件? 只有南來北去鴻。

丈夫輕別自生悲, 奈此君留我去時? 回首萊州雲海隔, 可憐團會更無期。

臨分折送驛梅枝, 正是都門落日時。天外相思如對面, 匣中霜鍔袖中詩。

"辛卯仲冬上浣, 三韓 東郭留贈。"

《文旆已發江城僕不勝思慕聊賦五言一律奉呈李學士兼寄鏡湖龍湖泛叟諸詞伯》立軒

交游三十日, 賓館屢留連。濁酒催行色, 淸詩惜別筵。履霜宇津谷, 積雪士峰巓。千里秦京路, 征鞍莫浪眠。

《奉次立軒韻》東郭

西徼孤帆遠, 東關一路連。醉思賓館月, 夢落寺樓筵。絶嶺雲低樹, 高山雪擁巓。依人愁更苦, 寒夜不成眠。

《立軒詞案入納》

"別懷與日俱積, 殊不覺悃怏若失。途中謹承, 耑書遠存, 以審新元, 尊履用珍嗇, 慰沃慰沃, 謹悦若復未承淸咳, 猶樽俎之間也。俄阻風阻雨, 才到一岐, 前路尙杳然, 令人頭欲白也。惠來之貺, 情可領也, 感何言哉? 來詩謹步以呈, 而情溢言甕, 不能成詩家。此後音耗, 未由相通, 臨楮悵觖而已。惟祈自玉, 以副區區遠誠。不備。伏惟尊照謹上謝。壬辰仲春初吉, 東郭 李礩頓。"

《廣陵問槎錄》卷上畢。

【영인】

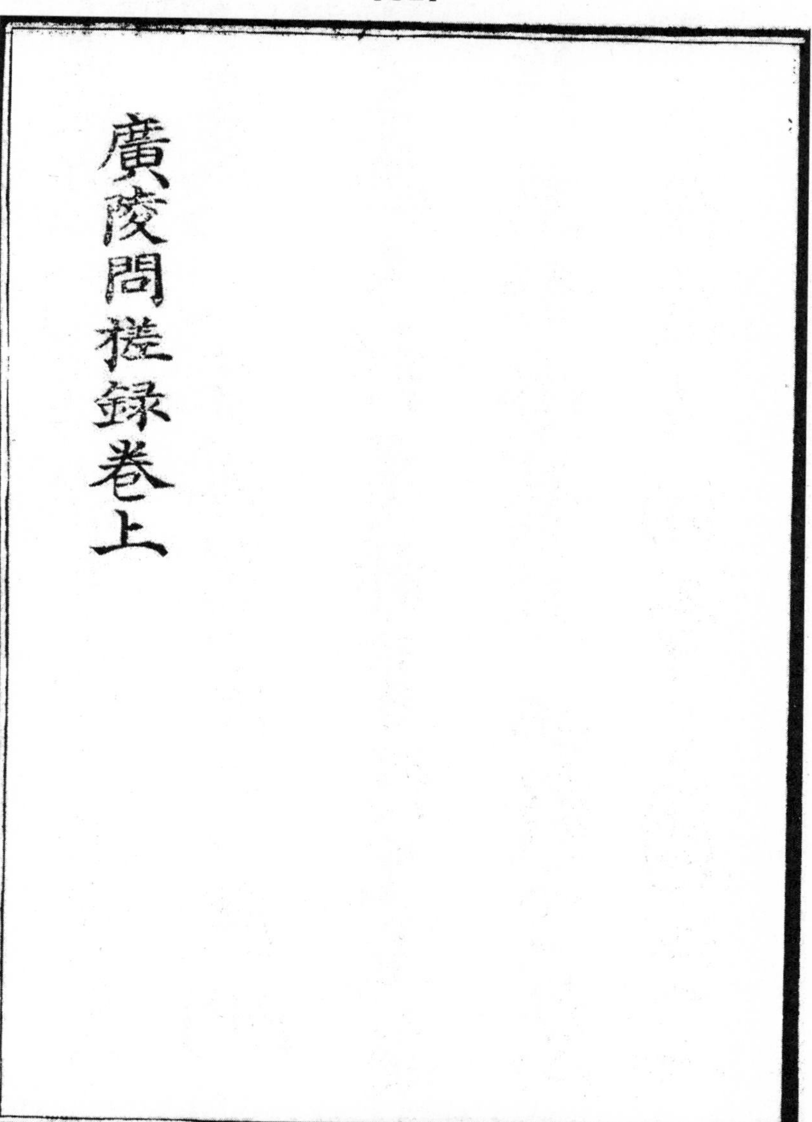

廣陵問槎録卷上

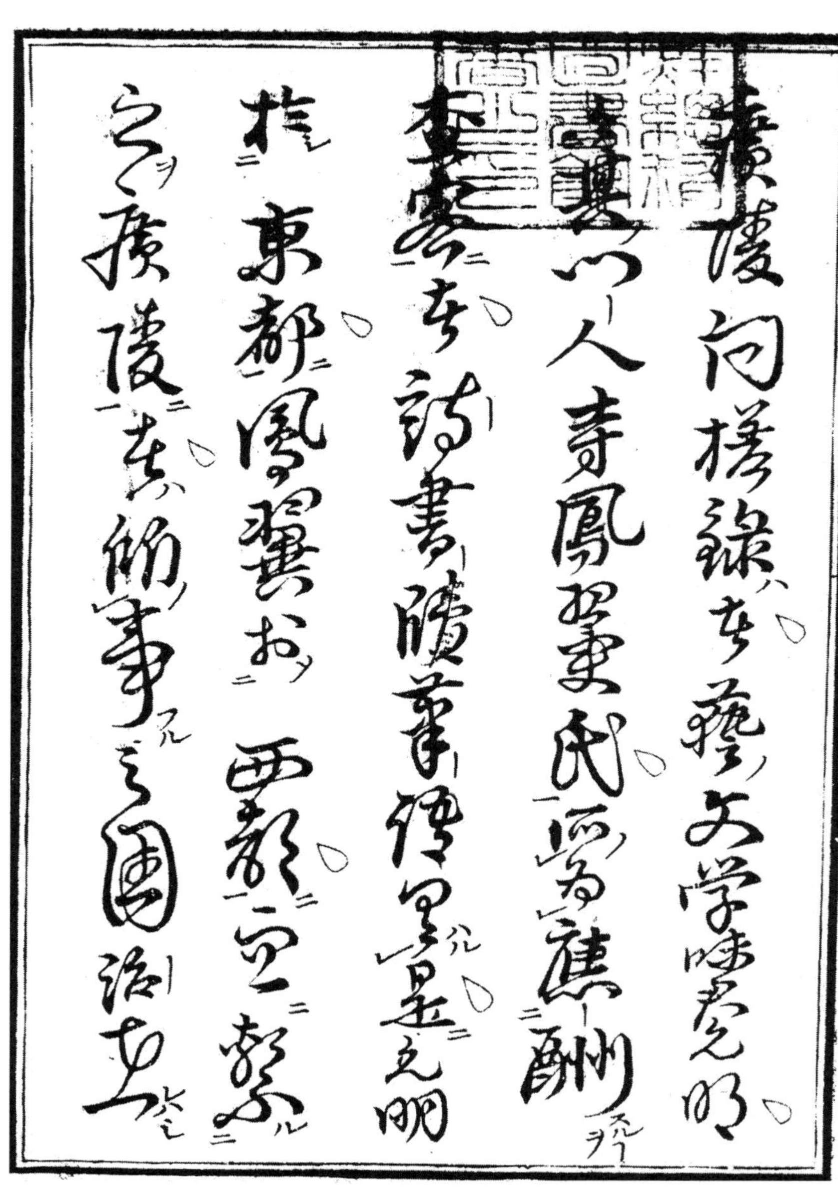

早頃昧君因岡生謁一言以

標目之史于於此一游毛庸何

張那二君子之垂手是嘐君在乎

國子先生高第弟子早歲蜚聲

參謨於大國至文章學術

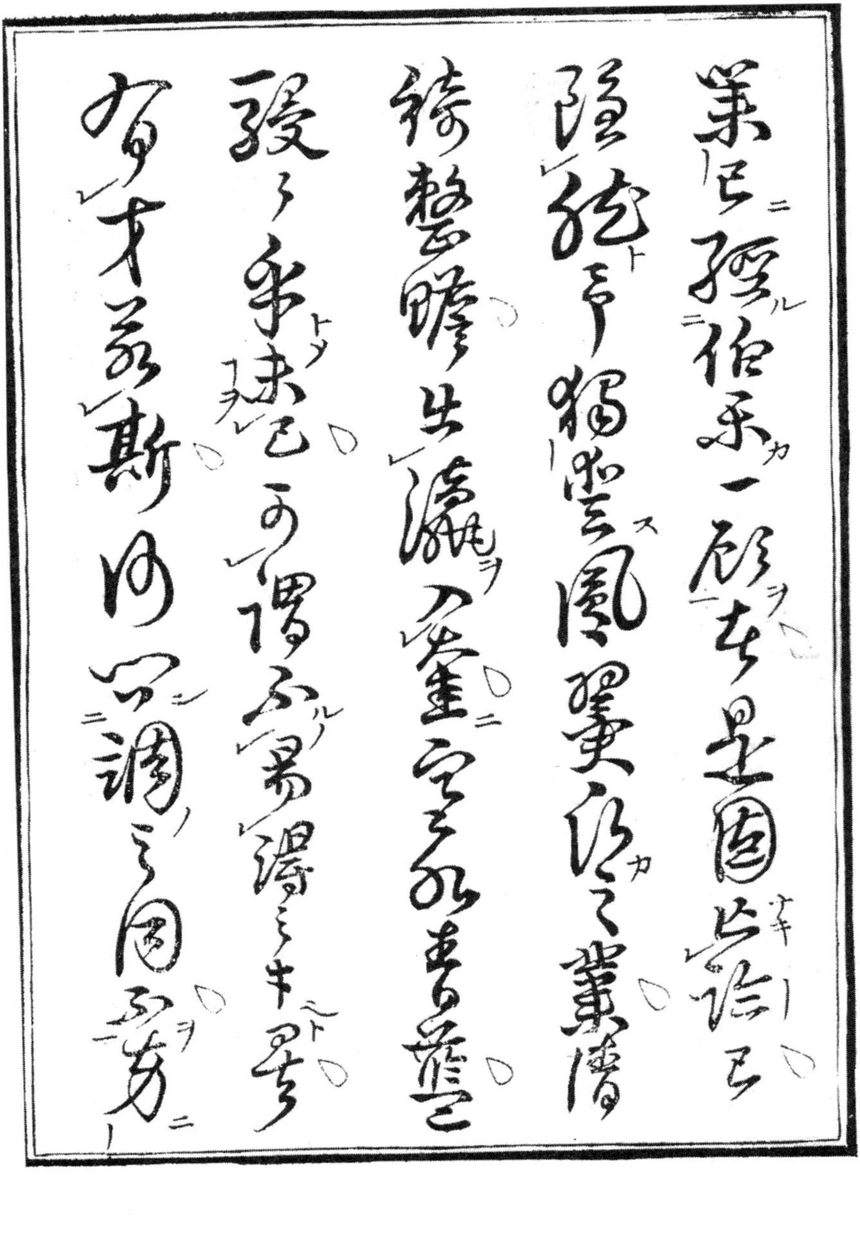

今文明燭運多士傾尉亦求

東韓洗鷄林綠珠樂手而甚之

之咏左手百人中無一人也予

瑤覺影之十有餘年蓮蓬到

樣孫二子以自嘉之之記之

子則又揚然昇之大宗山大澤寶生蛟龍豈若廣陵之大濤哉且仰之廣陵潮出海門暨望說觀其多囊於枚叔七發中者耶 且謝汝之所迴環

波濤之所激盪者其澎湃洶湧
嗃雷噴面迷奮鬣如搏攫熊
横奔之極山嶽為崩上撃之律
決猿乃躍其之勇為絶世雪風
息空之案若霧皓眼浮彩毒

嶺不動灝々澄練縈畫難手

洲陽河陰之雲則清寒如瀲揭屏

梳擺文貝斑石錚鋐層細論

幾幾小瀰似縠海粧石帆識

垂弓戰左是鳳翼陀々一四賞歟

吾乃道人修聃而像由西法孫

之修是役無機之戒利諸之隱

是豈所慮耶謹數柔其急孫至意

惟其學之離是興乎不害以渡至年

所張以天之何勇不容貴乎吾也

之管內 皇英之女降於嬀汭
在上善被盡舜和象鳳皇之鳴
舜變中帝舒猿之律呂赤青黃
玄感思神風雨和影根源人
壽鬚髯客隱華一半之風翼

民陶聖學之法以和以濟情變以化
懸宗孫子委絢瞭于希以書龍
筆之立身翱翔鯤之際鵬之
秋之至調季之以第畔界之年大能
後嫌然生之色以校至少勢者

鳳翼來見焉鳳翼舉哉豈出一翼
時海內覩風之望而休韓
人所思安用是矯首也乎夫
矣徑苑點文之括吾視將
滕縣二子已是足以見味君

育英之業也遂敍

正德壬辰秋九月望

東都物茂卿撰

廣陵問槎録巻上

崎山　山田敬適意録
榛溪　藤田覺天游校

稟　　　　　　立軒

僕姓味木名虎字允明別號立軒遊於林祭酒之門也久矣于時仕藝州太守

復　　　　　　東郭

僕姓李名礥字重叔號東郭生甲午乙卯為進士

癸酉為文科狀元丁丑為重試及第官安陵太守

以製述官来到耳

稟

立軒

東都人士引領西望待　文旆之来若慶星景雲

争先覩之為快僕何幸天假奇緣始接鰈域英豪

欣慰

復　東郭

久聞

盛名今接芝眉實副雅願欣慰幸

奉呈

李學士

洪鏡湖　両詞伯　立軒

天長海濶自無塵處雲山客路新始接豪英言語

異絶題文字換吟唇

奉次

立軒韻

鶴骨清癯逈出塵喜從江海托交新盈盤露橘堆千
顆美味輸君一入唇

辛卯之孟冬　東郭稿

詩以前東郭手取葡萄與余二受而措之不
食訝其不嗜又取紅橘二顆與之余又受而

不食形語食之故句中屢及橘事

奉次

立軒 惠韻

愛君瀟灑出風塵訪我禪房意更新只恨嬰痾方

伏枕對樽孤負一霑唇

鏡湖稿

李學士辱賜

清和用前韻奉謝　　立軒

文會從来絶世塵盈盤黃橘露香新手中二顆荷真味使我欣然笑啟脣

走次

立軒韻　　東郭

寺樓孤逈絶纖塵杉橘叢寒霽色新要把清談挑晩興衆詩何必鼓吟脣

又呈

李學士　立軒

賜臣贈母道相同淮海楊州厥包通爰示程堂々上

客洞庭春色坐春風

李洪両詞伯辱賜

清和走筆賦一律奉謝　立軒

身着暑衣始下船征帆日々破溟煙橙黃橘緑停槎

地蘆白楓紅落木天晴洲騷客異言語鰈域佳賞捷
賦篇殘墨餘香談未了重来兼約陪華筵

稟

龍湖

泛叟

兩詞伯

立軒

春来九夏秋末冬初待文旆之来疇昔留連於簪
紳文會之席然而事務繁冗之際未通姓名遺恨

如山令者得接

芝宇甚愜鄙懷欣慰至幸

奉謝

立軒 詞案 龍湖

久仰

盛名令接芝宇實副雅願况聞臨川詞伯座下門

弟曩在浪華時與臨川托契誼分既深尤不勝欣

響之忱

奉謝

立軒 詞案　　　　　　泛叟

曾因阿戎久聞

聲筭即接　芝眉如對玉山欣慚可喻

稟

泛叟　　　　　　立軒

寺田臨川者僕之門客而有子弟之誼也聞道摂
州浪速旅況　明公與臨川有傾蓋之契即浴鞏
青屢有唱和且談和之餘語及僕事欣慰多謝

復

立軒詞伯

泛叟

示意謹悉臨川近住何處耶

禀

李学士　詞伯　　立軒

德業流風夙所欽也疇昔始挹龍光甚慊鄙懷一

見即浴垂青眷超望外今日為謁

明公爰再来耳

奉謝

立軒　詞案　　東郭

一奉之後無緣更奉方用瞻悵此承清誨幸可言

哉俄看盛䝈感篆

稟

鳳洲　　　　東郭

君之伯父卒軒居在此地必為之周旋一者請來

如何

稟

鏡湖詞伯　　　　立軒

久聞芳譽昨始接芝宇更辱和篇但恨相見之
晩耳景慕風姿今又来矣
奉謝
立軒
鏡湖
偶因齊事屢違高會今接
僉議何幸々
奉呈

龍湖

泛叟　兩詞伯　立軒

春夏之交秋末冬登高引領望清容可憐禪寂無塵

地令日硯前得一逢

奉次

立軒詞伯惠韻　龍湖

容裡光陰已涉冬風煙蕭索對山容寒參々旅館誰相

訪何幸令朝韻士逢

奉次

立軒若詞伯

泛叟

高堂不復怕嚴冬爲對和風動粹容海外聞名今已

久如何此日晩相逢

奉呈

東郭

鏡湖

龍湖　諸雅詞壇　立軒

泛叟

數千里外一蓬身五十三程羇旅賓瀨山阻絶塞鴻

斷知是枕邉歸夢頻

奉次

立軒詞伯韻　東郭

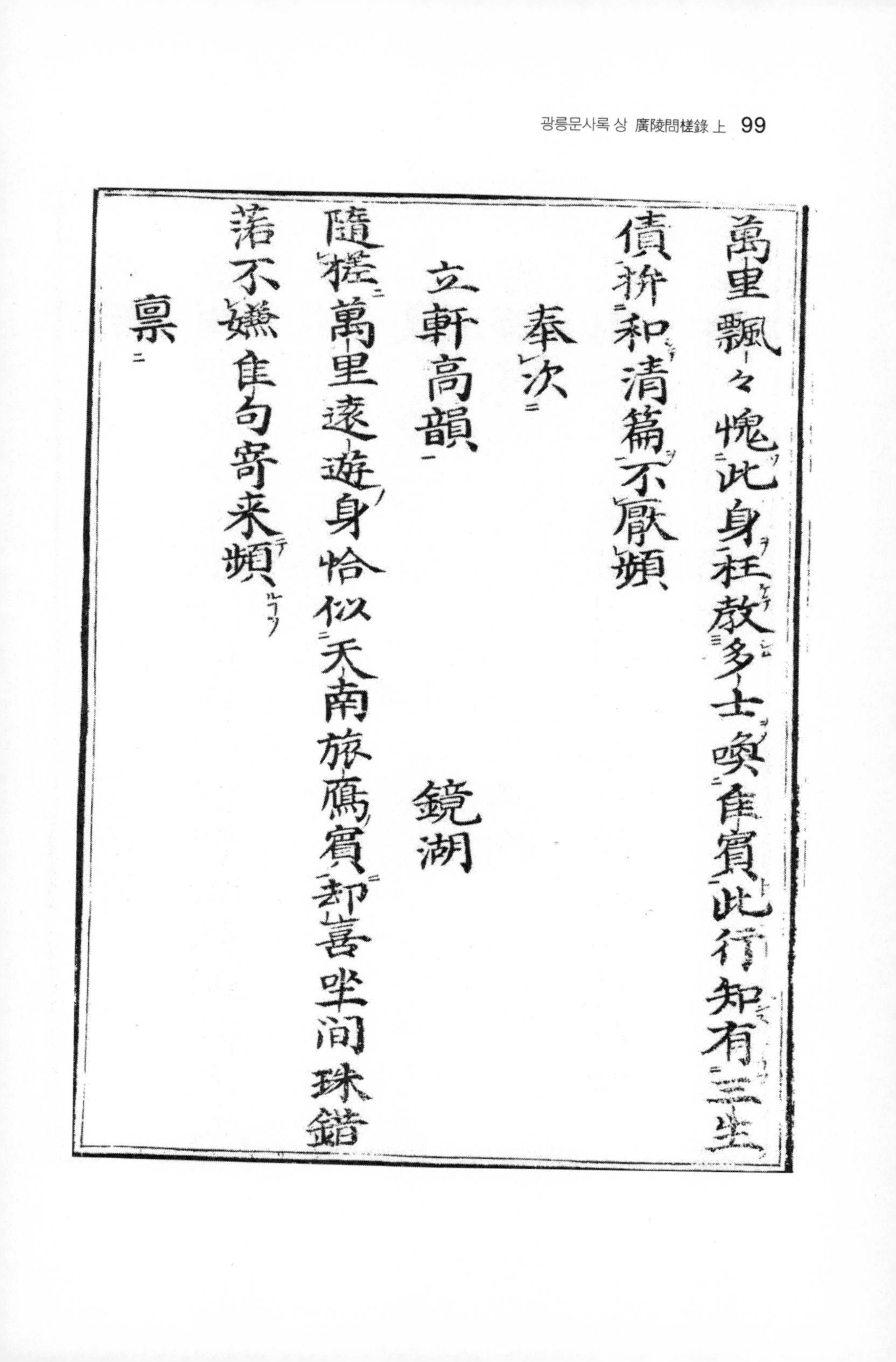

萬里飄々愧此身枉教多士喚佳賓此行知有三生
債拚和清篇不厭頻

奉次

立軒高韻

鏡湖

隨槎萬里遠遊身恰似天南旅鴈賓却喜坐間珠錯
落不嫌佳句寄来頻

稟

立軒

俺姓奇名斗文字汝章號嘗百軒時任朝散大夫　嘗百軒

典消司直以良醫来耳

復

嘗百軒　立軒

夙聞姓名未遂披雲何幸今日萍逢一見乃知

公軒岐之傑然者也

復
立軒詞伯　　　　　　　　嘗百軒
不意令有連袂相對暫時談懷不勝喜幸書辭中
以軒岐之風稱之此亦過矣心深悉惺耳
奉呈
鏡湖
龍湖　三雅伯　　　　　　立軒

泛叟

夫鏡之爲體也所以照形之器也蓋人短於自見必須假此觀面焉古人有水鑑有龜鑑有三鏡有七鏡不翅分容貌妍媿其爲德也不可勝言於此獻之笑納荷々

奉謝

竝軒 惠贈鏡奩輪圖

寶鑑埋没 幾年茅塞

趣向迷方 半世墒埴

承此

珍惠快若披霧尚次拙

語從後仰酬 幸惟

諒照

鏡湖

龍湖
泛叟

奉呈
立軒 詞案

龍湖候束

日昨良覿幸遂識荊之願迄
令榮幸伏惟辰下
啟居珍毖僕粗保容狀而歸期

尚簪問菀何喻前
惠菱鏡磁針實出
心既攢謝無已餘不宣統惟
榮助
辛卯至月日
龍湖嚴漢重拜
扇一把筆一枝墨一笏忘略
呈似

領情勿卻如何前
惠詩韻自爾擾勢未能和呈肯
俟後日構成付呈
令咸便丕計
奉復
嚴龍湖　案下
立軒
辱賜

瑶函開緘高情滿繭宛如對
手容時下
起居萬福動靜戩穀欣慰多幸定知
歸期在邇勿勞貴慮
惠賜扇一把筆一枝墨一笏何賜加之扇以收之
篋笥待來歳以拂炎熱之苦筆以揮千軍之雄
墨以充文房之用多謝　　餘期面罄

辛卯至月日

承前所呈之詩賜

清和肯俟後日之構成僕聞之喜不寐旦夕望

之憑　君傳語李学士鏡湖泛叟両詞伯乞清

和之意相同若賜片言隻字寔如得雙璧統惟

良察

立軒贐余一鏡仍有戒語意甚盛也詩以奉謝

泛叟

姸媸在我爾何功且愧霜毛照箇中三鑑一言知有
戒百年深佩可忘公

別扇一把黃毛筆一枝眞墨一笏所送

立軒詞伯也

泛叟詞伯辱賜謝菱鏡詩次

淸韻奉謝

立軒

不偏真成是此中發来達道許多切心如明鏡虛靈
體照物無私自至公

用前韻奉謝　立軒

泛叟惠賜別扇一把黃毛筆一枝真墨一笏
情顯言々句々中且將捷扇立奇功黃毛真墨寫何
事書去書来不忩公

卒賦一絶呈

淀叟詞伯

立軒

多病差来猶接塵山林有約豫求隣韓賓歸去與誰伴不若讀書友古人

呈

淀叟詞伯

立軒候柬

不覩魯山瞬目累日恭詢

足下動定休暢怡然順適定知歸期在邇伏祈

飱食自玉

葭月日

稟

立軒

圖書所入朱紅少許令日用之何耶

曾百軒

復

曾百軒

立軒

今日不携還家重来贈之

呈

嘗百軒　　　　　　　　立軒

總一交臂推心置人腹中僕何幸遭此奇縁識欵

常々而見而已所約圖書所入朱紅附托鳳洲傳

達之於　足下餘期石上一株松

奉謝

味木立軒　案下　即嘗百軒頓拜

旅館寥亮之際　華牘忽墜如對

高眼欣喜無已所諾印朱依受感謝耳日後更逢

則猶若舊面懸望　不備伏惟

稟

李學士　立軒

壬戌之歲僕邂逅成翠虛李鵬溟二學士於本藩

精舎屢有唱和也物換星移荏苒三十年二学士
物故既不得見也然辰下得見
明公則足矣仍賦一絶
壬戌之秋夢一塲蒼顔忽見鬢邊霜二公既去
明公在却喜萍蓬筆墨香
十一月四日對馬太守第見馬上才之詩呈
李東郭　立軒

陳篇曾見宋亭藝曲直縱橫得自由跟上身傾驅馬去却疑飛舉入丹丘

金史列傳宋亭傳宋亭馬藝相似故云尒

奉次

立軒詞伯覩馬上才韻　東郭

人心自與馬蹄謀出入飛騰咫尺由疾若回風吹飄飄廓塵翼石歘林丘

十一月六日對馬太守第韓客饗宴之席呈二ス

四詞伯二 立軒

李東郭

洪鏡湖

嚴龍湖

南泛叟

賸有兼珍花滿枝諸君此會豈無詩獻酬交錯供歡

樂正是松杉風便時

稟

泛叟

見足下所著之冠畫上乾下坤天地否之卦也

愍謂當上坤下乾地天泰之卦也義之所在如何

立軒

復

所著之冠唐之作也不知其義之所在也

泛叟

問

李学士　　　　　　　　　　　立軒

一温公通鑑　資治出處

一絛昭文元上虞人自叙考證文曰至正乙卯中秋作考之大明一統志夫其名氏何人也

一憑知舒成化初建安人自序質實文乃成化元年春也考之大明一統志未及採入何人也

一詩文之以首稱者字義出處如何

一杜燕秋鴻来去不同時夫同國乎抑別國乎大都
鴻鴈之類秋来春去半歳在此半歳在彼蓋中華
朝鮮日本皆相同也彼為本國乎此為本國乎鴈
鴈不巣於此地而巣於彼地彼為本國乎燕有巣
於此地而將數子而去此為本國乎

右要聞之

東郭曰忙迫如此夜間當詳覧仰蒼明就夫鳳洲

去是可

奉復

立軒詞伯

東郭

一資治通鑑以司馬光所撰自成一部豈錯出於他書乎第其記事大失史體如以蜀漢之伐魏爲入寇此以昭烈謂非正統此等事殊未可知也以速水之大儒猶作如此語史才之難可知矣

一憑知舒徐昭文之不入於史記誠如所訴而自古經官至大相者多有不載於當世之史者此蓋史者叙事之文也其時別無一段可記之事則畧之固矣

一詩文之以首稱者蓋唐宋間文字也以千首詩輕萬戶候者是也數人以口數魚以尾以頭數牛及獸畜各有其義而詩文之以首稱者蓋以首者人

之元也據此而言也
足下其或有疑於飛禽亦以首稱而有此問耶豈
能有大段深義於其間乎大抵古人稱號之不可
知者甚多

復

李学士　案下　　　　　　立軒

一資治通鑑司馬光如以蜀漢之伐魏爲入寇此以

昭烈謂非正統此等事大失史體明公玄論至當也宋明先儒之論詳矣僕等不暇容喙於其間也然而六百年後生於倭國猶有遺憾況才德之人乎夫以孔明之賢必不可有誤義也東坡曰出師表與伊訓說命相表裡愚按不以為過論 明公所見如何但所問者非通鑑全部之義資治二字出自也通鑑二字說苑曰春秋

者國之鑑也此爲據此例也要聞資治二字出於何書凡愚問雖妨公之事務而於我有大益伏乞莫惜示敎

詩文之以首稱者數人以口數魚以尾以頭數牛及獸畜各有其義而詩文之以首稱者首者人之元也據此而言也云云聞玄論始得詩文之以首稱之義銘肝二二蓋唐宋以前以首稱者昭明文

選曰女史箴一首封燕然山銘一首祭屈原文一首此類數多也怯迫之間 明公偶失而已伏惟宥恕

李学士見咊木善三郎所書之字題曰年稚筆老眞咊木立軒家千里駒也

龍湖題字曰弱歲健筆今世罕見可賀

二

二

泛叟題字曰看君兄弟眞可謂謝庭芝蘭觸目琳
琅也筆法尤有步趣可嘉
鏡湖在側書千里駒三大字與之
前此泛叟稟立軒嫡男半左衛門 號徵軒 曰總角
亦賢胤耶徵軒曰吾弟也泛叟曰胤郎岐嶷夙成
可愛

奉鑷子

李学士　立軒

勸君莫鑷鬢邊絲玩弄堪消寂寞時却喜滿頭千點

雪須吟内翰大蘇詩

奉次

立軒　詞案　東郭

蒼如茬芥白如絲左後偏生作客時日々除根須實

謹欲酬隹貺媿荒詩

禀

立軒　　　　東郭

前々各種恵物珍謝萬々行中無他所儲不得荅

謝尚爾懶歎

諸君既及瓜時大刀頭日已逼聊賦一律

奉呈

李学士
洪鏡湖
嚴龍湖
南泛叟
諸雅詞壇
立軒

遠隨星使渡洋海濟々衣冠韓國賢花映旌旗秦樹
曉雲迎劔佩藻宮天流芳文苑千年後奪譽武藏一
世前爭奈榮旋裝已促銀鞍白馬滿門邊

扇面題詩贈

立軒 詞伯　　東郭

扇面當人面君心似我心思時須展看猶足滌煩襟

奉謝

李学士賜題詩扇　　立軒

龍跳飛扇面虎卧警人心濃墨數行字餘香裛滿襟

李東郭留贈紫金錠二枚薄荷香一丸筆一枝墨

一笏詩以奉謝　立軒

良藥有方功自成芬々紫錠薄荷清晴窓磨墨揮毫處書盡山雲海月情

奉次

立軒詞伯　東郭

賓館三句好會成愛君風骨玉壺清空蹂遠客君何取詩賦頻頻感厚情

稟

東郭

鏡湖

龍湖　四詞伯

從叟　立軒

夫松栢飽風霜而後勝梁棟之任人必勞餓空之而後無充詘之態今玆諸君渡數千里之洋海經

五十三程之驛路𣾰風浴雨渉險疲難之労不可勝言也然而格物博覧之一端乎僕孤陋寡聞也天假奇縁謁見諸君實覚有進一歩各不為無益也至幸多謝送別以絶句三首

樹含春意海門通人在蘭撓錦纜中藻有子卿元赫貺請脩短札寄秋鴻

人生有憑不觧悲天運循環自四時雖然雲海隔千

里一別心知再會期
維繫白駒無柳枝歸休有限及瓜時直將何物送君
往一柄小刀數首詩

李白詩曰平生一寶劔持送結交人物雖甚劣
情乃相同聊以表寸忱而已

敬次

立軒詞伯贈別韻三首

客路滄溟萬里通絶勝跧伏草莱中經年行李誰爲

伴只有南来北去鴻
丈夫輕別自生悲奈此君留我去時回首萊州雲海
闊可憐團會更無期
臨分折送驛梅枝正是都門落日時天外相思如對
面匣中霜鍔袖中詩
辛卯仲冬上浣三韓東郭
留贈

文旆已發江城僕不勝恩慕聊賦五言一律奉

呈

李学士兼寄

鏡湖龍湖泛叟諸詞伯　　立軒

交游三十日賓館屢留連濁酒催行色清詩惜別筵

履霜守津谷積雪士峰巓千里秦京路征鞍莫浪眠

奉次

立軒 韻

東郭

西徼孤帆遠東關一路連醉思賓館月夢落寺樓筵

絶嶺雲低樹高山雪擁巔依人愁更苦寒夜不成眠

立軒詞案入納

別懷與日俱積珠不覚悃怏若失途中

謹承
尙書遠存以審新元
尊履用珍嗇懌汱　　謹悅若復夫承
清咳猶樽俎之間也俄阻風阻雨才到一岐前路
尙杳然令人頭欲白也惠來之貺情可領也感
何言哉
来詩謹步以呈而情溢言蹙不能成詩家此後

音耗末由相通臨楮悵觖而已惟祈

自玉以副區々遠誠不備伏惟

尊照謹上謝

壬辰仲春初吉

東郭李礥頓

廣陵問槎録卷上畢

廣陵問槎録卷上畢

광릉문사록 하

廣陵問槎錄 下

광릉문사록 하권

기산(崎山) 산전경적의(山田敬適意) 기록
진계(榛溪) 등전각천유(藤田覺天游) 교정

아룀. 임천. : 제 성은 사전(寺田), 이름은 혁(革), 자는 봉익(鳳翼), 호는 임천(臨川)입니다. 안예주(安藝州) 사람으로 본주의 태수를 모시고 있습니다.

대답함. 동곽. : 제 성은 이, 이름은 현, 자는 중숙, 호는 동곽입니다. 갑오년(1654)에 태어나 을묘년(1675)에 진사가 되었고 계유년(1693) 문과 장원을 하였으며, 정축년(1697)에 중시 급제를 하였습니다. 관직은 안릉태수를 지냈는데, 제술관으로 여기에 왔습니다.

대답함. 범수. : 제 성은 남, 이름은 성중, 자는 중용, 호는 범수입니다. 종사관 서기로 왔습니다.

물음. 동곽. : 연세가 어떻게 되십니까?

대답함. 임천. : 제 나이 34세입니다.

물음. 임천. : 공께서는 몇 세에 급제하였고, 금년 춘추가 어떻게 되십니까?

대답함. 동곽. : 40세에 급제하고, 44세에 또 중시에 급제하였습니다. 지금 나이 58세입니다.

물음. 임천. : 공의 춘추는 어떻게 되십니까?

대답함. 범수. : 올해 47세입니다.

이동곽, 남범수 두 사백께 드려 화운시를 요구함
奉呈李東郭南泛叟兩詞伯要和

임천

우뚝하게 뛰어난 재주 세상을 덮을 호걸이	卓犖才華蓋世豪
천리를 장대하게 떠나 파도를 건너왔네.	壯遊千里涉波濤
문명에 상서로움이 있어 모든 사람이 우러르니	文明有瑞人皆仰
오색 구름 가운데 빛나는 봉황의 깃이로구나.	五色雲中彩鳳毛

임천 사백이 주신 시에 차운하여
奉次臨川詞伯辱贈韻

동곽

질탕한 시정에 늙어도 더욱 호기로워져	跌宕詩情老更豪
가벼운 배를 타고 높은 파도 두렵지 않았네.	輕舟不怕冒鯨濤
이번 길 흡사 평원군의 손님 같으니	此行正似平原客
열아홉 명 중에 스스로 모수[1]가 되기 부끄럽구나.	十九人中自愧毛

임천 사백이 주신 시에 차운하여
奉次臨川詞伯辱示韻

범수

그대를 보니 남쪽 일본의 호걸이라	看君自是日南豪
서탑에 앉아 파도치는 필세에 먼저 놀랐네.	對榻先驚筆下濤
내 시가 나오는 창자가 다 말라버린 게 부끄러우니	慙我詩腸枯槁盡
거울에는 쇠한 살쩍에 서리 내린 머리털뿐이네.	鏡中衰鬢但霜毛

아룀. 임천. : 시편마다 주옥같고 종이 가득 아름다운 글자라 정성스

1 모수(毛遂) : 전국시대 조(趙)나라 평원군(平原君)의 식객. 조나라가 진(秦)나라의 공격을 받자, 모수가 자진하여 평원군을 따라 초(楚)나라에 가서 구원을 청하였다. 여기서 '모수자천(毛遂自薦)'이라는 고사성어가 생겼는데, 어떤 일에 자진하여 나서는 경우에 쓰인다.

러움이 가득하고 무거워 감사함을 표현하기 어렵습니다.

또. 상동. : 봄에 이미 사신의 행차가 동쪽을 향했다는 말을 듣고 멀리 고개를 들고 바라기를 큰 가뭄에 구름을 바라듯 하였더니, 하늘이 헤아려주시어 기이한 인연을 내려주셨습니다. 미천한 저를 버리지 않으신다면 계속 만나 시단의 모임을 함께 결성하고 싶습니다만 의향이 어떠하신지 모르겠습니다.

대답함. 동곽. : 제가 바다에 떠 있었던 것이 이미 서너 달이 되었고 험준한 곳을 지난 온 것이 4, 5천 리입니다만 성명을 보존할 수 있어 이곳에 도착했습니다. 지금 훌륭한 말씀을 받들 수 있으니 어찌 행운이 아니겠습니까?

다시 동곽 사백이 화운시를 지어 감사한 것에 차운하여
再次東郭詞伯辱和奉謝

임천

잠깐 사이 시가 이루어져 웅호함을 보이고 片時詩成見雄豪
강건한 붓 황협의 물결에 거꾸로 걸어놓았네. 健筆倒懸黃峽濤
인간의 명망이 중함을 알고자 했더니 欲識人間名望重
태산이 도리어 한 가닥 터럭이도다. 泰山却是一毫毛

다시 범수 사백이 화운시를 지어 감사한 것에 차운하여 再次泛叟詞伯辱和奉謝

임천

행장[2]에 스스로 호기 없음이 부끄러우니	行藏自愧氣無豪
연약한 노로 배움의 파도를 헤쳐오기 어려웠네.	柔棹難凌學海濤
다행히 훌륭한 모습 대하여 휘두르는 붓을 보니	幸對淸標見揮筆
종횡으로 자줏빛 붓에서 바람이 일어나네.	縱橫風起紫毫毛

아뢰. 임천. : 제가 옆에서 공들이 글자를 쓰고 글을 짓는 것을 보았습니다. 한 번 휘둘러 천 자를 쓸어내 방약무인하니 스스로 탁월한 재주가 아니면 이렇게 할 수 있겠습니까? 제 말선(襪線)의 재주[3]는 한 자, 한 길 정도의 도량도 없이 둔한 데다 많은 병폐를 겸하고 있습니다. 학문이 앞으로 나아가기 어려워 학업을 이룬 것이 없습니다. 문사가 이미 부족한 데다 또 졸필을 휘둘렀습니다. 검주 당나귀의 재주[4]요, 날다람쥐가 날 재주를 다한 꼴이라 고명하신 그대의 바람에 매우 부합하지 못했습니다. 부끄럽고 부끄럽습니다.

2 행장 : 『논어(論語)』에 "쓰이면 행하고 버려지면 숨긴다(用之則行 舍之則藏)"라는 구절에서 유래한 말로, 사람의 처신을 가리킴.

3 말선(襪線)의 재주 : 버선을 꿰맨 실은 풀어도 쓸 만한 것이 없으므로, 보잘 것 없는 재주를 비유한 말이다.

4 검주 당나귀의 재주 : 검주에는 원래 당나귀가 없었는데, 어떤 이가 배로 싣고 가 호랑이 사이에 풀어놓았다. 호랑이가 처음에 몸집을 보고 접근하지 못하다가 뒷발질하는 재주밖에 없음을 알고 잡아먹었다.

대답함. 범수. : 겸손이 지나치면서 남을 칭찬함이 넉넉하심은 어째서입니까? 도리어 부끄럽습니다.

임천 사백에 다시 응수함
再酬臨川詞伯

동곽

하늘이 술꾼 노인에게 시의 호걸을 만나게 해　　天教酒老遇詩豪
의기가 투합하니 파도처럼 흥이 나네.　　意氣相投興似濤
사행길 40일에 내가 이미 늙었으니　　行役四旬吾已老
머리에 서리눈 내렸다 의심하지 마시오.　　莫疑霜雪着顚毛

다시 임천사백이 화운시를 요구한 시에 차운하여
再次臨川詞伯韻要和

범수

원룡이 높은 침상에서 자듯[5] 호기로움을 지니고　　元龍百丈不除豪
가슴 안은 일렁일렁 만 이랑 물결 일어나네.　　胸裏汪汪萬頃濤
시단을 향해 보잘것없는 재주 다투지 말라.　　休向騷壇爭末藝
본래 성신은 피모(皮毛)에 달렸으니.　　本來誠信在皮毛

5 원룡이 높은 침상에서 자듯 : 원룡은 진등(陳登)의 자로, 허사(許汜)가 그를 방문하자 자기는 높은 침상에서 자고 허사는 낮은 침상에서 자게 하였다. 이를 보고 허사가 유비(劉備)에게 원룡의 호기가 여전하다고 말하였다.

『좌전』에 "가죽이 없으면 털을 장차 어떻게 남기겠는가?"라고 하였으니 양국 성신(誠信)의 의의를 취하여 사용하였다.

자리에서 임천 사백이 화운시를 구하는 것에 써드림
席上草呈臨川詞伯求和

동곽

가을바람 높아 가벼이 달려와　閶闔風高一棹輕
창해 다한 곳에 평탄한 길 놓여있네.　滄溟盡處坦途平
아름다운 세계는 부상의 땅이요,　瓊琚世界扶桑域
수놓은 가을 풍경은 대판 성이라네.　錦繡秋光大坂城
빽빽한 잎은 서리 없이 수천 그루 푸르고　密葉無霜千樹綠
늦게 핀 꽃 이슬 머금은 채 많은 가지가 환하구나.　晩花含露數枝明
모름지기 이날의 단란한 즐거움 보아야 하니　須看此日團圓樂
역시 왕가의 은혜와 우호의 정에서 나왔네.　亦出王家惠好情

동곽 사백의 주신 운에 차운하여
奉次東郭詞伯辱賜之韻

임천

수천 산 시들어 떨어져 날리는 낙엽 가볍고　千山搖落葉飛輕
수만 리 노한 파도 기세는 평탄치 않구나.　萬里怒濤氣不平
멀리 비단 돛 걸고 깊은 바다 무릅쓰고　遙掛錦帆冒溟渤

높이 사신 깃발 옮겨 금성에 도착했네.	高移文旆到金城
스며드는 이묵(李墨)[6]에 마음이 향기로워지고	淋漓李墨薰心馥
찬란한 오전(吳牋)[7]에 눈이 밝아진다.	璨爛吳牋照眼明
사해가 형제라는 것에는 진실로 이유가 있으니	四海弟兄良有以
새로 안 지인에게 도리어 한 집안의 정을 받았네.	新知却荷一家情

아룀. 임천. : 강호(江戶)에 성이 미목(味木), 이름이 윤명(允明), 호가 입헌(立軒)이라는 사람이 있으니 바로 빈관 아래 있는 봉주의 숙부입니다. 저 역시 사부의 의리가 있으니 친분이 가장 두텁습니다. 30년 전 귀국의 성취허, 이붕명, 홍창랑 군들과 만났던 면식이 있었고, 매우 칭찬을 받았습니다. 바야흐로 사신의 행차가 강호(江戶)에 도착하시는 날에 그가 반드시 객관에 올 것입니다. 그를 위해 눈을 한 번 반갑게 떠주신다면[8] 그의 행운일 뿐 아니라 저의 행운이기도 할 것입니다. 청컨대 유념해 주십시오.

대답함. 범수. : 저희들이 이미 봉주와 아름다운 친분이 있습니다.

6 이묵(李墨) : 이정규(李廷珪)가 만든 먹. 이정규는 중국 오대십육국 시대 사람으로, 중국 역사상 먹을 가장 잘 만든 인물로 알려져 있다.

7 오전(吳牋) : 월주 죽지(竹紙)를 취하여 만든 상등의 종이를 가리킴.

8 눈을…… 떠주신다면 : 진(晉)나라 죽림칠현 가운데 한 사람이었던 완적이 상을 당하였는데, 혜희(嵇喜)가 찾아와 문상하자 흰눈으로 쳐다보았다. 흘겨본 것이다. 백안시(白眼視)라는 말은 여기에서 나왔다. 그러나 그의 아우인 혜강(嵇康)이 술과 거문고를 가지고 찾아오자 푸른 눈으로 맞아들였다. 백안시와는 반대로, 반갑게 맞는다는 뜻이다.

지금 그대께서 말씀하신 바가 또 이와 같으니 강호에서 만약 만나게 되면 감히 그대의 뜻대로 하지 않겠습니까?

물음. 임천. : 귀국은 일명 "경인국(庚寅國)"이라고도 한다고 우리나라 민간에 전해져 옵니다만, 그러한지 여부를 모르겠습니다.

대답함. 동곽. : 이것은 잘못 전해진 것입니다. 고려가 삼한을 통합한 후 5백년을 거친 후 우리 성조께서 개국하시고 "조선(朝鮮)"이라고 부르셨습니다.

홍경호, 엄용호 두 서기와의 필담과 창수

아룀. 임천. : 천리를 건너오셨으나 기거가 평안하시니 삼가 절하며 축하하여 제 정성을 보입니다.

대답함. 용호. : 어제 왕림하셨을 때 마침 강가에 나가서 말석에 참석하지 못했기에 지금까지 한이 되었습니다. 이제 다행이 만나뵈니 진실로 평소 바람에 부합합니다. 제 성은 엄(嚴), 이름은 한중(漢重), 자는 자정(子鼎), 호는 용호(龍湖)입니다. 이번에 부사의 서기관으로 왔습니다.

홍경호, 엄용호 두 사백께 드림

奉呈洪鏡湖嚴龍湖兩詞伯

임천

석목[9]은 서쪽에 부상은 동쪽에 있으나 析木扶桑西與東
하늘가 우러러 보니 뗏목 하나가 통하였네. 天邊仰見一槎通
장대한 여행에 먼 바다의 물결을 꺼리지 않아 壯遊不屑滄溟浪
구름 같은 날개가 구만리 바람을 타고 왔네. 雲翼遙搏九萬風

삼가 임천이 주신 운에 응수하여

謹酬臨川辱示韻

경호

나는 하늘의 서쪽에 그대는 동쪽에 있지만 我在天西君在東
양국의 교빙은 예로부터 통했네. 兩邦交聘古來通
사신 따라 와 오늘 처음 일산 기울이며 만나니 隨槎此日初傾蓋
정의가 이국 풍토를 무슨 상관하랴. 情義何關異土風

9 석목(析木) : 중국의 전 지역을 하늘의 28 별자리에 나누어 배속하였는데, 연(燕) 지방이 석목 분야에 해당한다. 석목은 중국에서 동쪽이지만, 일본에서는 서쪽이다.

삼가 임천 사백의 운에 차운하여
謹次臨川詞伯示韻

용호

땅이 동서로 떨어져 있다 말하지 말라. 休言壤地隔西東
우의는 성명을 통하자 따라 나누게 되었네. 交誼還隨姓名通
업하(鄴下)[10]를 지금 보니 문사가 번성해서 鄴下今看文士盛
문장에 넉넉하게 건안(建安)의 풍모[11]가 있구나. 篇章綽有建安風

전운에 세 번째 차운하여 범수 사백에게 드림
三疊前韻奉呈泛叟詞伯

임천

수천 균 필력은 세 문호를 대적하고 千鈞筆力敵三豪
빼어난 기운 솟아올라 기세는 파도 같네. 逸氣奔騰勢似濤
둔한 칼 부끄러워 칼끝을 물리면서 自愧鈍刀鋒刃退
구구하게 오히려 거북이 털을 긁고 있네.[12] 區區猶作刮龜毛

10 업하(鄴下) : 위나라 조조가 도읍한 땅.

11 건안(建安)의 풍모 : 건안(建安)은 후한의 연호. 건안 연간 조조 부자 및 건안칠자의 시문체가 번성하였다.

12 거북이 털을 긁고 있네 : 거북의 털을 얻고자 등을 긁어도 얻을 수 없다. 쓸데없이 수고함을 이르는 말.

어제 거듭 화운하자는 말씀을 듣고 이제 이루어서 감히 벼루 앞에 드리니 바로잡아 주기를 청하며 이동곽에게 드리는 글

임천

실재가 있는 것에는 반드시 이름이 있고 이름이 있는 것에는 반드시 실재가 있는 것은 고금에서 논한 바이니 속일 수가 없습니다. 삼가 생각건대 공의 훌륭하게 쌓은 업적이 속이 가득 차 밖으로 드러나 문형(文衡)에 선발되고 제술관의 직임을 맡게 되어 멀리 사신의 수레를 따라 이 나라에 오게 되었습니다. 명실이 서로 걸맞음을 잘 알겠으니 관직에 알맞은 사람이 임명된 것입니다. 옛사람의 말에 "큰 집을 바라보면 명문가를 알고 높은 나무를 보면 오랜 도읍을 안다"라고 하였습니다. 훌륭한 아름다움과 무성한 재주는 자연히 덮을 수 없으니 한 번 바라보고 한 번 보아도 모두 명문가가 되고 오랜 도읍이 됨을 알 수 있기 때문일 것입니다. 공께서 문사에 대해서 역시 이와 같음이 있으십니다. 어제 용문에 올라 한 번 봉의 눈길에 어울려 삼가 맑은 시를 받들고 이끌어 가르쳐주심에 깊이 목욕을 하였습니다. 정성스러운 마음이 빽빽이 쌓였고 맺혔던 것이 얼음 녹듯 풀렸습니다. 깊이 마음에 새긴 나머지 고루함을 돌아보지 않고 잡초를 헤쳐서 칡넝쿨을 바쳤으니 원래 시의 도를 숭상하기 때문입니다.

시 삼백편 이상은 물론이요, 아래로 한·위·진·송에 이르기까지 호걸이 구름처럼 일어나고 뛰어난 문채가 무수히 별처럼 달려 서로 뿔을 겨루며 각기 기치를 세웠습니다. 당(唐)나라가 천하를 소유하자 정치의 대강이 크게 떨쳐지고 기운이 모이는 곳에 인재가 이어졌습니다. 앞에 이백과 두보가 있었고 뒤에 한유와 유종원이 있었습니다. 나머지 명가에 왕유, 잠삼, 이고, 장적, 백거이, 원진, 허혼, 옹도 같은 사람을 역력히 셀 수 있습니다. 그러나 가장 공경하여 따르는 자는 오직 두소릉(두보) 한 노옹뿐입니다. 평생 지은 것이 모두 충효와 가엾게 여기는 마음의 글이었습니다. 임금과 백성을 근심하는 마음이 자욱하게 말 밖으로 넘쳐났으니 역시 보통 시인의 견줄 바가 아닙니다. 이른바 "시성(詩聖)"이라는 것이 거짓말이 아닙니다. 송(宋)나라가 융성하자 역시 인재가 적지 않아 구양수, 매요신, 황정견, 진사도, 소식, 왕안석, 범성대, 육유가 나왔습니다. 널리널리 이어지고 도도하게 흘러 누가 그 끝을 알 수 있었겠습니까? 그러나 그 지극한 경지를 논한다면 또 각자 장단과 공졸이 있으나 그 사이에 우열이 없다고 할 수 없으니 시를 어찌 쉽게 말하겠습니까?

공께서는 시에 대해 꽃부리를 머금고 꽃송이를 씹으며 규수(奎宿)와 벽수(壁宿)[13]를 따내니 천태만상이 나올수록 기이합니다. 누가 흠을 잡을 수 있겠습니까? 저 같은 사람은 노둔하고 미천한 말학으로 오랫동안 천박한 습속의 묵은 폐단을 본받아 고인의 훌륭한 전범을 밟지 못한 채 여러 군데 나아갔다가 물러났다 하며 조금도 얻은 바 없이 우물 안 개구리같은 소견으로 마음은 구차하고 편안한 데 있습니다. 비록 공의 만분지일을 알기에 부족하지만 역시 시에 느낌이 없을 수 없습니다. 이것이 바로 제 어리석은 마음에 공을 마음에 두고 잊지 않는 까닭입니다. 성대한 뜻을 어떻게 말해야 할지 모르겠습니다.

제 시집 한 권이 통틀어 1백여 수의 시를 헤아립니다만 모두 진부

13 규수(奎宿)와 벽수(壁宿) : 규수(奎宿)과 벽수(壁宿)는 문운을 주관하는 별자리이다.

하고 용렬한 말들입니다. 취하기에 부족함을 스스로 알고 있습니다. 다만 구구한 제 마음이 그만둘 수가 없습니다. 삼가 계시는 자리에 드려 밝게 살피시는 눈을 더럽히오니, 만약 혹시 한 번 잘못을 바로잡아 표시해주시고 또 몇 마디 아래 적어 책머리에 넣어주시면 아름다운 은혜를 헤아리지 못할 것이니 어떤 물건이 대신할 수 있겠습니까? 다른 날 고향으로 돌아가 친구들에게 두루 보이고 떠들썩하게 자랑하면 모두 "공의 박애가 포용력이 있어 남의 선을 이루어줌을 이와 같이 하는구나."라고 할 것입니다. 제 짧은 소견이 부탁할 바를 알고 있습니다만, 고명하신 분께서 배척하지 않기를 역시 이와 같이 해주신다면 다만 오늘날 두터운 뜻에 감동할 뿐 아니라 앞으로 깊은 정을 장래에 머금을 것입니다. 엎드려 청컨대, 공께서 하루 수창한 아름다움을 생각하여 제 간절히 바라는 정을 헤아려주십시오. 잠시 염려하는 마음을 나누어 금처럼 귀한 승낙을 내려주십시오. 아낌을 믿고 호소하오니 떨리는 마음을 이기지 못하겠습니다.

아룀. 임천. : 어제 방문하였으나 마침 공께서 계시지 않아 남은 한이 염교 뿌리와 같았습니다. 그러나 이제 말씀과 안색을 받드니 평안하심을 살펴 알게 되었습니다. 어찌 기뻐서 펄쩍 뛰어오르지 않을 수 있겠습니까? 어제 봉주에게 좌우에 보내는 편지를 맡겼습니다. 받으셨는지요? 서문 청한 일을 유념해 주십시오. 간절히 바라고 바랍니다.

대답함. 동곽. : 어제 저녁 선소(船所)에서 오니 화려한 편지가 서안에 있었습니다만, 유감스럽게 아직 열어보지 못했습니다. 이렇게 또 왕림하여 주시고 훌륭한 글을 주시니 진실로 감읍하여 감사할 방법이 없습니다. 서문은 마땅히 틈을 내어 지어 드리겠습니다. 전일 제 작품을 가지고 살펴보니 "태평성대의 아름다운 상서로움이 오리털에 숨어 있네[太平休瑞隱鳧毛]"라는 구절의 은(隱)자가 견(見)자로 잘못되어 있었습니다. 은(隱)자로 바꾸어 써 주시면 다행이겠습니다만 어떠신지요? 조만간 소매에 넣어 오시면 마땅히 그 자리에서 고쳐 써 드리겠습니다.

아룀. 임천. : 성대한 말씀이 깊고 간절하시니 어찌 감사함을 붓으로 다 쓰겠습니까? 서문의 탈고는 우선 저녁까지 기다리겠습니다. 감히 다른 바람이 아니라 지금 드린 제 시는 이별을 미리 서술한 것입니다. 그대께서 한가하실 때 화운시를 주시면 매우 다행이겠습니다. 이제 뭇사람들이 섞여 돌아와 좌우가 번잡하니 잠시 나갔다가 내일 다시 오기를 청합니다.

대답함. 동곽. : 다시 왕림하겠다는 말씀에 목을 빼고 기다림을 이기지 못하겠습니다. 오실 때 제 작품을 가지고 오시기를 바라오니, 고쳐 써 드리고 싶을 뿐입니다.

동곽 사백의 읊으신 자리에 드리며 서문을 아울러

임천

대체로 남자가 태어나면 호시(弧矢)를 펼쳐놓으니[14] 그의 이목을 넓히고 심지를 크게 하여 국가의 교화가 이루어짐을 돕기 위해서입니다. 그러므로 용이 서린 듯 웅장하고 봉이 나는 듯 빼어난 선비나 기러기가 나는 듯이 세속을 초월하고 표범이 털을 숨기듯 절개를 위해 은거한 현인은 멀리 유적을 찾아 두루 만 리를 섭렵하여 평생의 웅대한 기운을 폅니다. 이태백이 칠택을 유람하였고[15] 자장(子長)이 회계산의 기이함을 탐색한 것[16]은 천하 후세에 전하는 아름다운 이야기입니다. 이제 공께서 멀리 사신의 일을 받들어 이 땅에 도착했습니다. 태양이 빛나는 것, 넓은 파도가 치는 것, 풍운의 모습, 물고기와 새의 자태가 모두 심상하게 구경하는 것이 아니니 글과 문장에 드러나는 것이 질탕하게 날아오르고 종횡으로 모습이 바뀌어 읽으면 정신이 날아오르게 합니다. 이것은 아마도 후생이나 후배가 곡자를 체득해 원을 그리고 곱자를 따라 네모를 그리는 부류일 것입니다. 지난번 우연히 고결하고 깨끗하신 모습을 뵙고 남은 향기에 배불리 젖었습니다. 성대히 돌보아 주심을 깊이 마음에 새겼습니다. 다만 한스러운 것은 일정이

14 호시(弧矢)를 펼쳐놓으니 : 고대에 세자가 태어나면 뽕나무 활에 쑥대 화살을 메워 천지 사방에 쏘아 원대한 뜻을 품기를 기원하였다.

15 이태백이 칠택(七澤)을 유람하였고 : 옛날 초나라에 일곱 개의 커다란 못이 있었는데, 이백이 사마상여(司馬相如)에 관한 전설을 듣고 칠택을 둘러보았다.

16 자장이 회계산의 기이함을 탐색한 것 : 자장(子長)은 사마천을 가리킨다. 사마천이 20세 때 회계산에 올라 우임금의 유적을 찾았다.

총총하여 자주 뵙고 많은 이야기로 마음 속 이야기를 다 토해내지 못한 것입니다. 아아! 만남이 오래되지 않았는데 이별은 가까이에 있습니다. 다른 곳, 각자의 하늘로 돌아가면 재회를 기약하기 어려우니 어찌 슬프지 않을 수 있겠습니까? 이 때문에 미리부터 마음과 뼈가 녹습니다. 쇠로 만든 가슴과 돌로 만든 창자도 오리혀 참기 어려운데 하물며 우리들의 다정함이겠습니까? 제 율시 한 편에 애오라지 석별의 정을 부쳤으니 다행히 상자 속에 갈무리했다가 다른 날 얼굴 보듯 해주시면 매우 감사하겠습니다.

큰 덕과 넓은 재주 낙랑을 울리고	碩德宏材鳴樂浪
일시에 사신 따라 부상에 도착했네.	一時從使到扶桑
몸은 육예에 노닐어 꽃다운 윤기에 젖었고	身游六藝漱芳潤
도는 삼재를 꿰뚫어 하늘과 땅을 적셨네.	道貫三才涵洪荒
시진이 칼끝을 다투어 연이어 성채를 깨뜨리고	詩陣爭鋒連斫壘
시단은 기치를 세워 홀로 시장을 독점했네.	騷壇樹幟獨專場
십년간 밥벌이나 하는 나의 학문을 비웃으니	十年笑我菜鹽學
만권 문자가 든 창자의 그대가 부러워라.	萬卷羨君文字腸
요뇨(騕褭)[17]가 구름을 밟으니 어찌 고삐를 받으랴?	騕褭躡雲寧受轡
비토[18]가 바다를 뛰어넘으니 항해가 힘들지 않도다.	飛菟超海不勞航

17 요뇨(騕褭) : 뛰어난 준마의 이름. 『후한서(後漢書)』·「예형전(禰衡傳)」에 "비토(飛兎)와 요뇨(騕褭)는 발이 매우 날래서 왕량과 백락이 급하게 여기는 것이다.[飛兎騕褭 絶足奔放 良樂之所急]"이라고 하였다.

허리의 큰 칼은 기세가 무지개 같고	腰間雄劍氣如蝀
머리 위 검은 관에 서리가 아직 내리지 않았도다.	頭上玄冠鬢未霜
산천을 두루 보고 문채 나는 붓을 달리니	歷覽山川馳彩筆
풍월을 다 거둬 시주머니에 넣었도다.	盡收風月納奚囊
화목함이 이미 드러나 나라를 살피기 충분하니	雍容已見充觀國
강개하여 어찌 척강(陟岡)을 노래하랴?[19]	慷慨何須賦陟岡
이역에서 사귐을 논하니 정이 가장 깊어서	異域論交情最厚
모여서 어깨를 잡고 얘기가 더욱 길어지네.	盍簪把臂話偏長
미천한 나의 자태는 바위를 감은 넝쿨 같고	卑微姿似蘿縈石
그리워하는 마음은 해를 바라는 해바라기 같네.	懸戀心同葵向陽
어쩔 수 없이 엄격한 일정 오래 머물기 어려우니	無奈嚴程難久住
아름다운 자취 더듬으며 남은 시간 아쉬워 하네.	故攀淸轍惜餘光
하늘과 땅 끝으로 거듭 머리를 돌리니	天涯地角重回首
약한 새와 깊이 숨은 물고기 둘 다 아득하구나.	弱羽沈鱗兩渺茫

세 사신께 시를 바침.

---

18 비토(飛菟) : 비토(飛兎)의 오기이다. 뛰어난 준마의 이름.

19 척강(陟岡)을 노래하랴 : 『시경(詩經)』 위풍(魏風)의 「척호(陟岵)」에 "저 언덕에 올라서 형을 바라보네(陟彼岡兮 瞻望兄兮)"라는 구절이 나온다.

삼가 통신정사 합하께 드림. 서문을 병기함.
謹奉呈通信正使閤下幷引

임천

사신의 행차가 멀리서 와서 위로 벼슬아치들의 구경을 크게 해주고 옥절이 잠시 머물러 아래로 처사들의 바람을 위로해주었습니다. 태평의 맹약을 어기지 않았고, 넉넉한 예가 갖추어졌으니, 아아! 성대하도나. 오오! 크도다. 이에 암첨(巖瞻)[20]을 흠모하고 풍채를 사모하여 공경히 율시를 지어 큰 아름다움을 축하합니다.

평원군 명망 있는 가문의 옛 초선(貂蟬)[21]은	平原望族舊貂蟬
공훈과 재주가 세상에 으뜸가는 현인일세.	勳業才華冠世賢
사명을 받들어 함께 삼대의 덕을 노래하고	奉使共歌三代德
맹약을 맺어 길이 두 임금의 시대를 축하하네.	結盟永祝兩君年
기자의 나라 법도에 정종(鼎鍾)[22]이 무겁고	箕邦典度鼎鍾重
부상의 나라 산하에 주춧돌이 견고하네.	桑域山河柱石堅
사명을 끝내고 달려 돌아간 날을 헤아려 보면	料識載馳功畢日
만인이 춤추며 영광되게 돌아옴을 보리라.	萬人鼓舞見榮旋

20 암첨(巖瞻) : 『시경(詩經)』 소아(小雅) 「절남산(節南山)」의 "우뚝 솟은 저 남산이여, 바윗돌이 겹겹이 쌓여 있도다. 빛나고 빛나는 태사 윤씨여, 백성들이 모두 그대를 우러러 보도다.[節彼南山, 維石巖巖, 赫赫師尹, 民具爾瞻.]"에서 인용한 말로, 재상의 덕행이 뛰어나 모두 우러러봄을 가리킨다.

21 초선(貂蟬) : 담비꼬리와 매미날개 모양 장식이 있는 관을 가리킨다. 시중이나 중상시가 쓴다. 여기에서는 이런 관을 쓰는 대신을 가리킨다.

22 정종(鼎鐘) : 종묘에 갖추어 놓는 제기로 공신들의 사적을 새겨놓는다.

삼가 통신부사 합하께 드림. 서문을 병기함.
謹奉呈通信副使閤下幷引

임천

웅대한 나라에 이름을 날리고 경륜의 뛰어난 공업을 떨치시고, 이역에 사신으로 오셔 일을 처리하는 큰 재주를 펼치셨습니다. 수륙의 험난함을 배와 수레로 건너셨으니 하늘과 사람이 돌보아 도와주신 것이며 움직임에 복록이 따른 것입니다. 엄숙히 검은 줄 쳐진 종이를 바쳐 이로써 축하하는 마음을 펴 보입니다.

경술과 사재로 우뚝하게 홀로 뛰어나	經術史才特擅場
높은 관과 옥홀로 봉황의 행렬에 있구나.	峨冠楷笏在鵷行
구슬같은 자리 아침에 앉는 곳은 금란전[23]이요,	瓊筵朝坐金鑾殿
화려한 촛불 켠 밤에 돌아오는 곳은 백옥당[24]일세.	華燭夜歸白玉堂
해국에 가을 깊어 봉이 떠나는 계절이라	海國秋高移鳳節
강 풍경 바람 고요해 머물던 용이 머리를 드는구나.	江天風靜駐龍驤
우리들이 헛되이 구름을 헤치는 뜻을 품었으니	吾儕空懷披雲志
장막 아래 어떻게 체려강(替戾岡)[25]을 수용하랴.	帳下寧容替戾岡

23 금란전 : 당나라 때 궁전의 이름으로, 학사들이 임금의 명을 기다리던 곳이다.

24 백옥당 : 신선의 거처를 가리키는 말로, 한림원을 비유하는 말로 사용된다.

25 체려강(替戾岡) : 출(出, 나감)을 뜻하는 갈족의 언어이다.

삼가 종사관합하께 드림. 서문을 병기함.
謹奉呈從事官閤下幷引

임천

비단도포를 이미 빼앗아[26] 일찌감치 인재를 뽑는 과거에 올라 구슬신으로 높이 걸어 끝내 문명의 빛을 보려는 뜻에 화합하셨으니, 한 몸의 영광일 뿐 아니라 실로 귀국의 경사입니다. 바쁜 신하의 발걸음에 말미암지 마시고 잠깐 바라봐 주시기를 간절히 빕니다. 감히 격양가를 연주해 즐거움에 도움이 되도록 하겠습니다.

신선의 수레 높이 안은 채 가을 하늘 아래로 하여	仙軿高擁下秋空
자자한 성명이 해동을 진동하였네.	籍籍姓名動海東
집안 대대로 주나라 사관의 학문을 전하였고	家世遠傳周史學
문단을 업후[27]의 풍모로 크게 흔들었네.	詞林大振鄴侯風
이미 천상에서 붉은 계수나무에 올라갔고	已於天上攀丹桂
또 인간 향해 채색 무지개 토해냈네.	又向人間吐彩虹
적롱에 남은 땅이 있다고 들었으니	聞道狄籠有餘地
거둬들여 영통(苓通)[28]에 미치지 못하게 해야 하리.	甄收應不及苓通

---

26 비단도포를 이미 빼앗아 : 당나라 측천무후가 용문에서 노닐 때 신하들 중 제일 먼저 시를 지은 동방규(東方虯)에게 비단 도포를 하사하였다가, 나중에 송지문(宋之問)의 시가 훌륭한 것을 보고 비단 도포를 빼앗아 송지문에게 주었다는 고사를 인용한 말로, 재주가 남보다 훨씬 뛰어남을 뜻한다.

27 업후 : 업후(鄴侯)는 당나라 명재상 이필(李泌)을 가리킴. 아버지 이승휴가 2만 권의 책을 전해주었다고 한다.

28 영통(苓通) : 영(苓)은 돼지똥, 통(通)은 말똥을 가리킨다.

아룀. 임천. : 제 율시 3수를 세 사신께 바치고자 하니 그대께서 각기 하늘과 땅처럼 멀리 계신 자리를 돌아봐 주십시오. 당돌한 죄를 면치 못할까 걱정입니다만, 구구한 제 마음을 그만둘 수 없어 제 맘대로 공을 의지하여 도와주시기를 청합니다. 만약 사신들의 살핌을 한 번 거쳐 화운시를 주신다면 영광이 바라는 바를 뛰어넘을 것이니 공께서 도모해주십시오.

대답함. 동곽. : 당신의 시는 이미 세 사신 앞에 들였습니다. 제 시고는 가지고 오셨습니까? 한 글자 고치고자 합니다.

답함. 임천. : 말씀을 받드니 기쁨을 이기지 못하겠습니다. 그리고 어제 '은(隱)'자로 고치시겠다는 말씀을 듣고 진실로 탄복하였습니다. 그 시는 신야(莘野)에게 준 것입니다. 어제 이미 신야에게 말했으니 조만간 그가 가져올 것입니다. 염려하지 마십시오.

아룀. 임천. : 제가 들으니, 조선의 땅은 한 곳의 빼어남과 상서로운 기운이 모인 곳이라 위인과 재자가 왕왕 나오고 풍화의 아름다움과 문물의 번성함이 중화에 거의 손색이 없다고 하였습니다. 예로부터 이 나라에 오는 사람을 일일이 셀 수 있으나 모두 재주를 울리고 훌륭함을 드러내 나라 안에 꽃다운 이름을 전하지 않은 자가 없습니다. 이제 공의 사람됨을 보니 탁월한 견식과 넓은 재주가 옛사람보다 뛰어난 것 같습니다. 어찌 매우 뛰어나기만 하겠습니까? 쉽게 얻지 못할 재주라고 할 만합니다. 나머지 사람 중에 덕행과 문장이 한

시대를 뛰어넘은 자가 몇이나 있습니까? 그리고 귀국과 중국은 땅이 접해 있고 수레바퀴 자국이 서로 통하니 기러기나 잉어를 기다리지 않아도 왕래하여 서로 소식을 알 수 있습니다. 지금 중화의 이름난 유자 가운데 가장 세상에 이름이 난 사람이 누구입니까? 나란히 기록해서 보여주시면 매우 감사하겠습니다.

답함. 동곽. : 우리나라는 기자가 흰 수레를 타고 동쪽으로 온 이래 도학과 문물이 크게 번성하여 수천여 년을 지나도 하루와 같이 한결 같습니다. 고려 말부터 우리 성조에 이르기까지 문장을 하는 선비가 어깨를 부딪치고 발꿈치를 이어 이루 다 셀 수 없습니다만, 그 중 도덕으로 이름이 난 사람은 글을 하는 말예(末藝)에 다하기를 즐기지 않았습니다. 퇴계 이황, 율곡 이이, 정암 조광조, 회재 이언적, 점필재 김종직, 우암 송시열 선생들은 문장이 도학처럼 높지 않습니다. 문장은 시간이 남으면 하는 일이었기 때문입니다. 이제 국가가 표(表)·책(策)·시(詩)·부(賦)·논(論)·의(疑)·의(義)·잠(箴)·명(銘)·송(頌)의 각 문체의 문자를 시험해 뽑고 있습니다. 그렇기 때문에 글을 짓는 일이 출세하는 단계로 삼는 자가 많으니 이는 바로 인재를 뽑는 길이 과거시험장에 있기 때문입니다. 이학이 바야흐로 조정에 신임을 받아 쓰이고 있으니 글 짓는 일은 특히 그 말사(末事)라 어찌 많이 일컫기에 충분하겠습니까?

자리에서 갑자기 이동곽, 홍경호, 엄용호 세 사백께 드려 시단의 호기로운 흥을 도우며 2수
席上卒呈李洪嚴三詞伯 以助詩壇之豪興 二首

임천

제1수

야마대[29] 끝에 가을이 정말 깊어져	耶馬臺頭秋正高
서풍에 잎들이 수풀 언덕에 지는구나.	西風葉葉下林皐
우리나라에 본래 봉래섬이 있으니	我邦本有蓬萊島
낚싯대 하나 던져 보면 여섯 자라에 이어지네.	試擲一竿連六鼇

제2수

비단돛 높이 바다 동쪽을 향해 걸고	錦帆高掛海天東
만 리 종각의 바람[30]을 타고 왔네.	萬里來乘宗慤風
삼백 척 부상의 뽕나무 보길 청하니	請見扶桑三百尺
금빛 바퀴 솟는 곳에 붉은 새벽 해를 씻는다오.	金輪湧處洗晨紅

아룀. 임천. : 여러 손님이 번잡하여 정성스러운 대화를 다하지 못했습니다. 수창이 많은 때이니 정성스러운 마음을 수고롭게 하리라 생

29 야마대(耶馬臺) : 일본을 가리키는 야마다[大和]를 중국에서 음역하여 기록한 명칭. 『삼국지』·「위지(魏志)」에 실려 있다.

30 만 리 종각의 바람 : 송나라의 종각(宗慤)이 어린 시절에 "장풍을 타고 만 리의 물결을 깨부수길 원한다[願乘長風破萬里浪]"라고 하였다.

각됩니다. 이제 잠깐 인사하고 나갔다가 이어서 내일 오겠습니다. 드린 제 시는 한가하실 때 화운시를 주시면 감사하겠습니다.

대답함. 경호. : 두 시를 삼가 받겠습니다. 막 바쁘게 닥친 일이 있으니 나중에 마땅히 화운시를 드리겠습니다.

홍경호에게 드리는 글
呈洪鏡湖書

임천

어제 객관에 나아가 한 번 뵈었습니다만 여러 사람이 뒤섞여 돌아와 창졸간에 인사하고 떠났습니다. 그래서 차분하게 많은 말씀을 받지 못했습니다. 지금까지도 유감스러워 빨지 않은 옷을 입은 것 같습니다. 어제 이래 몸은 어떠하십니까? 엎드려 생각건대, 만복이 깃든 오늘 우연히 일이 있어서 객관에 직접 나아갈 수가 없습니다. 삼가 이 편지로 안부를 여쭙습니다. 제 시 2수에 짧은 발문을 붙이니 엄용호, 남범수 두 군과 함께 봐주시면 다행이겠습니다. 쓸데없는 말을 늘어놓아 여러 차례 귀를 더렵혔으나 다만 널리 이해해 주시기를 바랍니다. 화운시를 내려주시면 더욱 감사하겠습니다. 생각은 많고 붓은 짧으니 나머지는 만나서 말씀드리도록 남겨 두겠습니다.

경호, 용호, 범수 세 사백께 드리며 2수 및 발문
奉呈鏡湖龍湖泛叟三詞伯二首幷跋

임천

필담으로 마음속 털어놓으며	筆語吐心曲
연적이 마르기를 사양하지 않았네.	不辭硯滴乾
봄꽃은 한원에 퍼지고	春葩摛翰苑
가을 무늬 시단을 곱게 했네.	秋藻麗詩壇
뛰어난 재주는 조식[31]을 품고 있고	俊逸懷曹植
풍류에는 사안[32]이 보이네.	風流見謝安
훌륭한 모범은 무엇이 닮았는가?	淸標何所似
창 밖에 대나무 천 그루 있네.	窓外竹千竿

계림의 호걸 선비가	雞林豪傑士
이날 여유로움을 얻었네.	此日得從容
절로 기구업(箕裘業)[33]이 있으니	自有箕裘業
어찌 수레와 의복을 상으로 받는 일이 없었겠는가?	寧無車服庸
문장의 동산에서는 다투어 사슴을 쫓고	文園爭逐鹿

31 조식(曹植, 192~232) : 위나라 무제 조조의 아들이자 위나라 문제 조비의 아우. 건안칠자(建安七子) 등과 교유하며 오언시를 서정시로 완성시켜 후대 문학에 큰 영향을 끼쳤다.

32 사안(謝安, 320~385) : 중국 동진 시대의 인물로, 오랫동안 회계산에 은거하여 왕희지 등과 교유하였다. 40세가 넘어 정계에 진출해 명재상으로 칭송받았다. 당시의 문화인으로 손꼽힌다.

33 기구업(箕裘業) : 궁장(弓匠)의 아들은 먼저 부드러운 버들가지로 키 만드는 일을 배우고 대장장이 아들은 먼저 부드러운 갖옷 만드는 일을 배운다. 쉬운 일부터 익혀 어려운 일로 들어간다는 의미에서, 집안 대대로 내려오는 가업을 가리킴.

학문의 바다에서는 우뚝하게 용을 탔네.	學海特騎龍
미리 훌륭한 모습 이별하며	預要別淸貌
정성스레 속마음을 쏟아낸다.	慇懃寫寸胸

벗을 사귐에는 성실하게 할 뿐입니다. 사람은 경박할 뿐이라 그 사귐을 보존하지 못하기 때문입니다. 만일 서로 맞지 않으면 비록 같은 고향, 같은 동네라도 서로 알아줄 사람이 거의 없습니다. 저 같은 경우는 타고난 자질이 성기고 게을러 시속에 익숙하지 못하고 주저하며 우물쭈물거려서 매번 사람과 어긋나는 것이 십중팔구입니다. 남이 저를 알아주지 않을 뿐더러 저도 남을 알지 못합니다. 아! 알아주지 않아도 화내지 않는 것은 군자가 군자가 되는 까닭입니다. 비록 미치지는 못하지만 역시 배웠습니다. 지금 공들의 사람됨을 보니 혼후하고 독실해서 삼가 탄복할 만한 점이 크게 있습니다. 그래서 아침저녁 부지런히 좌우에 생각을 기울이지 않은 적이 없습니다. 그러나 공들이 동쪽으로 떠날 날이 가까이 있고 저 역시 서쪽으로 돌아가야 합니다. 한 번 이별하면 만 리로 떨어져 바람난 마소도 서로 미치지 못하게 되니 어찌 서글프지 않을 수 있겠습니까? 다만 여러 날 창수한 아름다운 시집을 상자에 갈무리해 넣어 궤안과 침상에 두고 창 앞이나 등잔 아래 상자를 열고 책을 펼치면 길이 한 자리에 상대하고 있는 듯할 것이니, 하늘 끝 떨어져 있는 교분을 마침내 다른 날에도 썩어버리지 않게 할 것입니다. 종이 나라에 남은 땅이 있어 감히 이렇게 자질구레하게 말씀드렸습니다.

범수 사백에게 드리며

奉呈泛叟詞伯

임천

문장을 떨쳐 팔방을 놀라게 하자 기약하였으니	奮藻共期駭八紘
우리가 무엇 하러 마주 대해 지저귀겠나?	吾人何用對鷪鷪
가을 날씨 상쾌하여 시 지을 힘을 보태고	秋天氣爽添詩力
객사에 흥취 일어 나그네 마음 쏟아내네.	客舍興來寫旅情
교제에 새로운지 오래되었는지 논하지 말라.	交際休論新與舊
시간이 흐르면 청탁을 분별하게 되리라.	時流宜辯濁兼淸
창수하여 바야흐로 흉금이 깨끗함을 알았으니	唱酬方識襟胸潔
오늘 그대를 위해 속마음을 쏟아내네.	今日爲君肝膽傾

임천의 글에 답함

경호

어제 화려한 서한을 받드니 글의 뜻이 정성스러웠습니다. 부쳐주신 아름다운 시편은 격률이 청신하여 두세 번 감상하다 보니 종이에 보푸라기가 생기려고 하였습니다. 지난 번 시운과 함께 이제 비로소 화운시를 드립니다. 비속하고 서툴러 부끄럽습니다만, 헤아려 보아주시면 매우 감사하겠습니다. 헤어질 날이 멀지 않으니 애써 왕림해 주심을 잊을 수 있겠습니까? 이만 줄이니 살펴 주십시오.

삼가 임천이 전후 주신 운에 차운하여
謹次臨川前後辱示韻

경호

나그네 된 채 가을이 끝나가려 하니	爲客秋將盡
고향 생각에 눈물 마르지 않네.	思鄕淚不乾
이국땅에서 시 짓는 선비를 만나	異方逢韻士
선원에 시단을 구축하였네.	禪院築詩壇
술잔에 새 친구 사귐이 즐겁고	樽酒新知樂
부들자리에 거듭 묵어도 편안하여라.	蒲團信宿安
아름다운 시편이 홀연 손안에 있고	佳篇忽在手
창밖에 해는 장대 세 개 높이에 와 있구나.	窓外日三竿
멀리 떠나 괴로운 상황 많았으나	遠遊多苦況
아름다운 벗과 서로 알게 되었네.	佳友荷相容
재주가 뛰어남을 아끼게 되었으나	爲愛才英秀
천성이 졸렬하여 부끄러워지네.	徐慙性拙庸
고상한 문장은 수호(繡虎)[34]에 걸맞고	高文稱繡虎
박식한 논변은 조룡(雕龍)[35]을 맘대로 하네.	弘辯擅雕龍
우주에 알아주는 이 적으니	宇宙知音少
고상한 뜻 가슴에서 가득 토해내네.	靑霞菀吐胸

34 수호(繡虎) : 위나라 조식이 일곱 걸음 안에 시를 짓자 그가 민첩하게 시 짓는 재주를 칭찬해 수호(繡虎)라 하였다.

35 조룡(雕龍) : 전국시대 추석(騶奭)이 수식하는 문장을 잘 지었으므로 '조룡석(雕龍奭)'이라 불렀다.

신선의 옥 같은 바다 멀리 둥근 달 높이 떠　瑤海迢迢璧月高
홀로 높은 난간에 기대 강 언덕 바라보네.　獨憑危檻望江皐
바람 가벼워 학 등에 가는 구름 사라지고　風輕鶴背纖雲盡
아득한 삼산은 여섯 자라가 이고 있네.　縹緲三山戴六鼇

친교는 동서로 나뉜 땅에 구애받지 않으니　交親不繫地西東
그대를 한 번 보고 고인의 풍모가 있음을 알았네.　一見知君有古風
가을날 가람에서 함께 옮겨 앉으니　秋日寺樓同徙倚
바닷가 서리 지고 늦은 단풍 붉구나.　海天霜落晩楓紅

임천 사백이 기록해 보내어 바로잡아달라고 청한 시의 운에 나중에 차운하여

追次 臨川詞伯韻 錄奉淸案 仍乞斥正

범수

그대가 부상의 뜰에서 이름을 떨쳤음을 알았으니　識子擅名桑野紘
옮겨간 교목[36]에서 조만간 깊은 골짜기에 있던 꾀꼬리 보겠구나.
遷喬早晩見幽鸎
이역에서 만나 기쁘게 사귐을 맺었으니　相逢異域欣同契
비록 새로운 사귐이나 오랜 우정과 비슷하네.　縱是新交似舊情

36 옮겨간 교목 : 『시경(詩經)』 소아(小雅) 「벌목(伐木)」에 “깊은 골짝에서 나와 높은 나무로 옮겨 가네.[出自幽谷 遷于喬木]”라는 구절이 나온다. 보통 높은 벼슬자리로 출세함을 비유한다.

세 번 거듭한 시편은 성조가 고풍에 이르렀고 三疊詩篇聲格古
한 자리 술잔에 웃으며 나눈 얘기 고상했네. 一牀杯酒笑談清
임천에게는 주화의 붓이 있어[37] 臨川自有朱華筆
당 안에 다 뿌리고 나니 사방을 압도하는구나. 灑罷堂中四座傾

아룀. 범수. : 며칠 재계하느라 대화가 막혀 바야흐로 마음이 근심스러웠습니다만, 곧 훌륭한 위의를 대하니 기쁘고 위로가 됩니다. 남령초(南靈草)를 주시니 더욱 지극히 감사드립니다. 귀하의 율시 2수와 절구 2수는 오늘 아침 비로소 받들어 감상하였습니다. 적당한 때에 화운하여 드리겠습니다.

상동. 용호. : 보내주신 오언율시 및 칠언절구는 화운하였으나 아직 써내지 못했습니다. 오늘밤 써서 보내드리겠습니다. 보내주신 귀한 연초는 실로 마음의 선물이니 고맙기 그지없습니다.

대답함. 임천. : 며칠 동안 우연히 세속의 번잡한 용무 때문에 안부를 살피지 못했습니다. 이제 말씀과 얼굴을 받드니 기쁨이 얼마나 지극한지요. 연초에 대한 감사는 도리어 부끄럽습니다. 또 화운시를 주시겠다는 말씀에 보고 싶은 바람을 이기지 못하겠습니다.

37 주화의 붓이 있으니 : 왕발(王勃)의 「등왕각서」에 "업수의 붉은 꽃이 임천의 붓을 비추네[鄴水朱華, 光照臨川之筆]"라는 구절이 나온다. 주화(朱華)는 조식의 시구에서 따온 말로 그의 재주를 가리키고, 임천은 남북조 시대의 시인 사령운을 가리킨다. 여기에서는 호가 같은 것에 착안해 쓴 시어이다.

대답함. 동곽. : 얼마 전 '모(毛)' 자 운을 족하와 창수하고서 그 시 중 '견(見)' 자 하나를 아직 고치지 못했습니다. 어찌 잠시 가져다 주지 않으십니까?

대답함. 임천. : 여러 차례 작품을 고쳐 쓰겠다는 말씀을 받들어 제가 이미 신야에게 말했는데, 그가 아직 보내지 않았다고 생각됩니다. 지금 전작을 고쳐 써서 보내주실 것을 청하니 제가 삼가 신야에게 보내겠습니다. 어떠하신지요?

아룀. 동곽. : '모(毛)' 자로 쓴 시의 원래 시는 족하에게서 나왔지 신야의 시가 아닙니다. 제 작품을 잊어서 기억하지 못합니다. 제 원고를 본 후에야 고쳐 쓸 수 있습니다.

대답함. 임천. : 제가 신야에게 가서 찾아다 드리겠습니다. 염려하지 마십시오.

세 사신이 화운한 시편

임천전군이 보내준 운에 수창해 감사함.
酬謝臨川田君見投之韻

정사 평천(平泉)[38]

38 평천(平泉) : 정사 조태억(趙泰億, 1675~1728)의 호이다. 대사성을 지내다가 통신사

객창에 멍하니 앉아 있자니 가을 매미와 똑같아 客窓癡坐等寒蟬
책 펴고 한적하게 성현을 대하노라. 黃卷蕭然對聖賢
달은 처마에 걸렸고 하늘은 물처럼 펼쳐졌는데 月掛半簷天似水
종 울리는 오래된 절은 하룻밤이 일 년 같구나. 鍾鳴古寺夜如年
가을 석 달 사행 떠나 깊은 바다 거듭 지났으니 三秋遠役重溟盡
두 나라 기쁜 맹약이 백세의 바람이기 때문이네. 兩國歡盟百世望
임천에게 훌륭한 시구 많음을 가장 아끼니 最愛臨川多秀句
어느 때 일산 기울이며 얘기할 수 있으랴? 幾時傾蓋好周旋

전 수사에게 감사함을 부쳐
寄謝田秀士文右

부사 삼한사객(三韓槎客)[39]

그대의 문채가 사장에서 으뜸이라 들었으니 聞君文彩冠詞場
훌륭한 소문의 젊은이가 무리들 중에 빼어나네. 妙譽青春出輩行
홀연 새로운 시가 객창 서안에 던져진 것을 보고 忽見新詩投旅榻
불 밝히라 재촉하고 화당에 앉았네. 催呼明燭坐華堂
지금 이국땅에 와서 풍화 보기가 멀었더니 今來異域觀風遠
몇 명의 뛰어난 재주가 머리를 떨쳐 들었도다. 幾箇英才奮首驤

로 파견되었는데 귀국한 뒤에 호조참의가 되었지만 국서(國書)가 격식에 어긋났다는 이유로 관직이 삭탈되었다. 뒤에 대제학과 공조·예조·호조·병조 판서를 거쳐 좌의정까지 올랐다.

39 삼한사객(三韓槎客) : 부사 임수간을 가리킴. 그가 평소에 즐겨 쓰던 호는 돈와(遯窩)인데, 삼한사객은 그가 일본에서 일시적으로 쓴 호로 보인다.

만 리 장대한 여행에 기이한 절경 충분하니 萬里壯遊奇勝足
맑은 가을 부사산에 수레를 잠시 멈추노라. 淸秋弭節富山岡

전수재에게 수창하여
奉酬田秀才詞案

종사관 남강(南岡)[40]

높다란 회벽 담장이 갠 하늘에 꽂혀 있으니 峨峨粉堞揷晴空
대판의 번화함은 일본에서 이름이 나있네. 大坂繁華擅日東
수백 리에 걸친 돛단배가 포구 가득 헤매고 百里帆檣迷極浦
수천 집 귤과 유자 향기로운 바람 품었어라. 千家橘柚擁香風
이어진 구름 속 첩첩 정자는 신기루인가 의심스럽고 連雲疊榭疑嘘蜃
물을 타고 넘는 긴 다리는 무지개 보는 것 같네. 跨水長橋見臥虹
손을 씻고 다시 재자의 시구를 읊조리니 盥手更吟才子句
좋은 음을 어찌 서방의 통역 기다리랴? 好音何待狄鞮通

아룀. 동곽. : 이것은 세 사신이 지으신 것이니 지금 드립니다.

대답함. 임천. : 세 사신의 화운시를 삼가 절하며 받습니다. 제가 보관하여 집안에 전하는 보물로 삼겠습니다. 지위가 다른 것을 돌아보

---

40 남강(南岡) : 종사관 이방언의 호이다.

면 무슨 인연으로 이런 총애와 영광을 얻을 수 있었을까요? 실로 공에게서 나온 것이니 가진 힘이 많으십니다. 대단히 감사하여 필설로 다 할 수 없습니다.

임천 사백의 운에 차운하여
奉次臨川詞伯瓊韻

용호

누가 편지통을 부쳐 왔나? 誰寄郵筒至
새로운 시에 먹이 아직 마르지 않았네. 新詩墨未乾
사장에 새로이 기치를 세웠으나 詞場新建幟
문원에는 전부터 등단해 있었네. 文苑舊登壇
화운시 쓰나 재주 미치기 어렵고 賡和才難逮
퇴고 하나 글자가 편안치 않구나. 推敲字未安
산호가 바다에서 나오니 珊瑚海中出
낚싯대 던져보고 싶구나. 欲拂釣魚竿
다행히 아름다운 시편 보았고 已幸拚瓊什
이제 옥 같은 얼굴 보며 기뻐하니 還欣覩玉容
가슴은 원래 깨끗하고 襟懷元灑落
재주는 평범함을 초월했네. 才調脫凡庸
빛나는 깃은 상서로운 봉황에게서 보았고 彩羽看祥鳳
진귀한 구슬은 잠든 용에게서 따왔네. 珍珠摘睡龍
이역땅에서 새로운 사귐을 맺으니 殊方托新契

속세의 가슴 시원해짐을 곱절로 느끼네. 倍覺盪塵胸

바다마을 서늘함 일어 가을 기운 높아지고 水國涼生秋氣高
갈대꽃 단풍잎은 물가 언덕에 가득하네. 荻花楓葉滿汀皐
우리는 지금 임공자를 쫓아가니 吾行今逐任公子
창해에서 큰 자라 낚아 올리는 것을 함께 보리라. 會看滄海釣巨鼇

규성의 문채 빛나는 바다 동쪽에 奎文耀彩海天東
고운 시편 대아풍을 따를 수 있겠구나. 麗什能追大雅風
가람에서 멀리 이별하는 것이 서글프니 怊悵禪樓成遠別
귤나무 숲 가을 다하고 석양이 붉도다. 橘林秋盡夕陽紅

내가 부사 임공을 따라 왔기 때문에 칠언절구가 와서, 임천 사백의 시에 차운함

僕從副使任公而來 故七絶及之 奉次臨川詞伯奇示韻

범수

부상에 달이 뜨자 해문이 높아져 扶桑月出海門高
선인을 방문하고자 먼 언덕에 올랐네. 欲訪仙人上遠皐
시야에 삼산은 끝내 보이지 않으니 望裏三山終不見
아득한 곳 어디에서 소나무 등에 진 자라를 물으랴 滄茫何處問霜鼇

나그네 배 내일 아침 또 동쪽을 향하니 客棹明朝又向東
우리 헤어진 뒤에는 서로 상관없는 사이가 되겠지. 分携他日馬牛風

청주[41]와 접역[42]의 서로 그리워하는 곳에서　蜻洲鰈域相思處
멀리 동쪽 하늘 바라보면 아침해 붉으리.　遙望東天曉旭紅

임천 사백과 이별하며
奉別臨川詞伯

경호

시 짓는 신선이 나를 따라 푸른 나루를 건너　騷仙隨我渡滄津
바닷가에서 괴벽한 취미의 사람과 함께 했네.　海上還同逐臭人
낭박성(浪泊城)[43] 가에서 이어 헤어지려니　浪泊城邊仍作別
가을 바람에 고개 돌리며 아득히 마음 아파지네.　秋風回首暗傷神

대판성에서 임천 사백과 이별하며
大坂城別臨川詞伯

동곽

한 가닥 길 아득한 바다에 이어지고　一路連滄海
외딴 배 저녁 노을 띠었구나.　孤帆帶夕暉
어찌하여 나그네가 된 곳에서　如何爲客處
다시금 돌아가는 그대 보내게 되었나?　還復送君歸

41 청주(蜻洲) : 일본의 지형이 잠자리 모양으로 생겨서 붙여진 명칭이다.
42 접역(鰈域) : 가자미가 많이 나는 곳이라는 뜻으로, 조선을 가리킨다.
43 낭박성(浪泊城) : 낭화(浪華, 나니와), 즉 대판(오사카)을 가리킨다.

임천 사백과 이별하며 드림
贈別臨川詞伯

용호

임천자께 매우 감사하니 多謝臨川子
정성스럽게 우리를 방문해 오셨네. 慇懃訪我來
붉은 연꽃 신선의 붓을 비추니 朱華照仙筆
응당 업성 향해 돌아가리라. 應向鄴城廻

동곽 사백에게 드림
奉呈東郭詞伯

임천

자줏빛 기운 서쪽에서 오니 사람이 용과 비슷하고 紫氣西來人似龍
문장은 해내에서 우뚝하게 종장이라 일컬어지네. 文章海內特稱宗
깨끗한 가슴은 깊은 가을 국화요, 蕭蕭襟懷三秋菊
초월한 맑은 모습은 천 년 소나무로다. 落落淸標千歲松
이미 새로운 시가 집집마다 놀라게 함을 보았고 已見新詩驚比屋
뛰어난 학업이 평범한 무리 흔드는 것을 알았으니 又知絶業拂群庸
멀리 떠나 활을 걸어놓은 뜻[44]을 저버리지 않아 遠遊不負懸弧志
분명히 공명이 종정(鍾鼎)에 오르리라. 定有功名上鼎鍾

44 활을 걸어놓은 뜻 : 현호(懸弧). 고대에 아들을 낳으면 활을 문 왼편에 걸어놓아, 세상에 뜻을 펼칠 것을 기원하였다.

아룀. 동곽. : 부탁한 서문은 바빠서 아직 써드리지 못했습니다. 마땅히 방주부(芳洲夫)[45]에게 부탁해 곧 전해드리도록 하겠습니다. 제가 돌아올 때 만날 수 있을 것입니다.

네 선생에게 아룀. 임천. : 저는 지금 서쪽으로 돌아려고 합니다. 삼가 이에 이별을 아룁니다. 연일 창수하여 은혜를 많이 입었습니다. 마음에 깊이 새겼으니 어느날인들 잊겠습니까? 생각건대 때때로 갑자기 추워지고 앞길이 아직 멉니다. 음식을 더 많이 드시고 스스로 중하게 여기시기를 우러러 바라겠습니다.

『임천시집』 서문

고인이 말하지 않았던가? '비록 시를 잘 하지 못해도 시를 잘하려고 하는 자 역시 아낄 만 하다'고. 이는 아마 시를 좋아하는 자의 말일 것이다. 시를 잘하려고 하는 자 역시 아낄 만한데 하물며 이미 시를 잘 하는 자이겠는가? 나는 이른바 시라는 것이 취한 바가 어느 뜻이며 숭상하는 바가 어느 체인지 아직 모르겠지만, 사람에게서 경중을 헤아릴 수 있음이 이와 같다. 도를 싣는 도구로서의 문장이 경전만 못하고 사실을 기록하는 것이 전(傳)과 모(謨)만 못하다. 시라는 것은 쓸데없는 문자이니 시에 무슨 일삼을 것이 있겠는가? 그러나 사람의 성정

45 호행원이었던 쓰시마 서기 우삼방주(雨森芳洲, 아메모리 호슈)를 가리킴.

을 도야하고 사람의 심지를 일어나게 하여 정경을 만나면 그려내고 사람과 더불어 창수하는 것이 시가 아니면 질박함에 가까울 것이다. 그 효용을 또 어찌 적게 여길 수 있겠는가?

당송시대에는 혹 시로써 인재를 뽑았다. 그렇기 때문에 사람들이 이를 가지고 이름을 팔고 영화를 거래하는 자본으로 삼았기 때문에 시가 많고 번성함이 굳건하였다. 만약 하릴없이 마음을 굳게 먹고 힘을 쏟아 공교하고 교묘한 데 이르고자 한다면, 시에 고질병이 들지 않고는 누가 할 수 있겠는가? 일본은 바다 가운데 있어 땅이 후미져, 문교를 보좌함은 중국에 손색이 있었다. 그러나 여러 세대 이래로 재주 있는 무리가 기미를 보고 일어나 시를 전공하는 자가 많고 인문이 이미 훌륭하게 갖추어졌다.

나는 임천군과 낭화(浪華)의 빈관에서 만났다. 여러 편의 시를 보여주었는데 시어가 매우 맑고 고와서 사랑할 만하였다. 나는 마침내 그 운에 따라 화운시를 짓고 이어서 더불어 친교를 맺었다. 작별할 때 그가 지은 시고를 주며 서문을 한 마디 구하였다. 나는 받고서 전편을 다 읽어보았다. 그의 시는 정(情)과 경(景)이 잘 어우러지고 의치가 여유있고 한가로웠다. 굽이굽이 돌아가면서 급박하지 않고 막힘없이 펴지면서도 질펀하지 않았다. 진실로 한 세대를 활보하며 장차 틀림없이 시단에 오를 사람이었다.

아! 나와 임천군은 각기 두 나라의 5, 6천 리 밖에 살고 있으니 어찌 하루의 교분이라도 나눈 적이 있었겠는가? 그러나 시로써 사귐을 맺고 시로써 가진 것을 전부 주었다. 내가 비록 그대의 성가를 높이지는 못하겠지만 시가 교제에 보탬이 있었음이 크지 않았던가! 시로써 시를 구하는 것은 사람됨으로써 시를 구하는 것만 못하다. 시를 잘하는 자는 장구를 짜내지 않아도 언어와 동작이 시가 아닌 것이 없다. 내가 임천군을 살펴보니 기골이 청수하고 태도가 경건하였다. 손을 놀리는 기세가 온화하면서도 대화에는 호기로움을 이어받아 필담을 한 번 접하면 그가 시를 잘한다는 것을 알 수 있었다. 이와 같은 사람이니 시를 가지고 사람됨을 가리겠는가? 내가 이미 그의 시를 아끼듯 그의 사람됨을 아끼니 문사를 숭상하지 않는다는 이유로 감히 사양하지 못하였다. 드디어 바쁜 시간을 내어 몇 마디 적었으나 부처의 머리를 더럽힌다는 책망[46]에 돌아가니 족히 볼 만한 것이 없다.

흑룡의 해[壬辰年, 1712] 중춘[2월] 상순 삼한의 동곽

광릉문사록 하권 끝.

46 부처의 머리를 더럽힌다는 책망 : 좋은 사물을 더럽히고 모독함을 비유하여 쓴 말이다.

廣陵問槎錄 卷下

崎山 山田敬 適意錄。

榛溪 藤田覺 天游校。

《稟》臨川

"僕姓寺田, 名立革, 字鳳翼, 號臨川, 安藝洲人, 事本州太守。"

《復》東郭

"僕姓李, 名礥, 字重叔, 號東郭, 生甲午, 乙卯進士, 癸酉文科狀元, 丁丑重試, 曾任安陵太守, 以製述官, 承命來到耳。"

《復》泛叟

"僕姓南, 名聖重, 字仲容, 號泛叟, 從事官書記來。"

《問》東郭

"尊年幾許?"

《答》臨川

"驢年三十四矣。"

《問》臨川

"尊公幾年登第? 今春秋幾許?"

《答》東郭
"四十登第, 四十四又登重試, 今年五十八矣。"

《問》臨川
"尊公春秋幾許?"

《答》泛叟
"時年四十七矣。"

《奉呈李東郭南泛叟兩詞伯要和》臨川
卓犖才華蓋世豪, 壯遊千里涉波濤。文明有瑞人皆仰, 五色雲中彩鳳毛。

《奉次臨川詞伯辱贈韻》東郭
跌宕詩情老更豪, 輕舟不怕冒鯨濤。此行正似平原客, 十九人中自愧毛。

《奉次臨川詞伯辱示韻》泛叟
看君自是日南豪, 對榻先驚筆下濤。慙我詩腸枯槁盡, 鏡中衰鬢但霜毛。

《稟》臨川
"篇篇珠玉, 滿紙銀鉤, 悃愊稠重, 感謝難名。"

《又》同。
"春間已聞, 文旆指東, 遙遙翹首, 若大旱之望雲霓。惟天有諒, 錫以奇緣。若不棄菅蒯，則繼見共結詩壇之騷盟，未知盛意如何?"

《復》東郭

"僕之浮海，已三四箇月，涉險幾四五千里，而能保性命而到此，得承清咳於今，豈非幸哉幸哉?"

《再次東郭詞伯辱和奉謝》臨川

片時詩成見雄豪，健筆倒懸黃峽濤。欲識人間名望重，泰山却是一毫毛。

《再次泛叟詞伯辱和奉謝》臨川

行藏自愧氣無豪，柔棹難凌學海濤。幸對清標見揮筆，縱横風起紫毫毛。

《稟》臨川

"僕在座右，見公等布字屬辭，一筆千掃，傍若無人，自非卓絶之才，其能若是? 僕襪線之材，無尺寸長器宇，鈍澁兼以多病，竿步難進，功業無成，已乏文辭，又拙揮灑，驢技鼯窮，甚不副高明者之所望也。慙赧慙赧。"

《復》泛叟

"過於自謙，而優於奬人何也? 却用慙赧。"

《再酬臨川詞伯》東郭

天敎酒老遇詩豪，意氣相投興似濤。行役四旬吾已老，莫疑霜雪着顚毛。

《再次臨川詞伯韻要和》泛叟

元龍百丈不除豪，胸裏汪汪萬頃濤。休向騷壇爭末藝，本來誠信在皮毛。

“《左傳》曰: ”皮之不存，毛將焉傳?“ 取用兩國誠信之義。”

《席上草呈臨川詞伯求和》東郭

閶闔風高一棹輕，滄溟盡處坦途平。瓊琚世界扶桑域，錦繡秋光大坂城。密葉無霜千樹綠，晚花含露數枝明。須看此日團圓樂，亦出王家惠好情。

《奉次東郭詞伯辱賜之韻》臨川

千山搖落葉飛輕，萬里怒濤氣不平。遙掛錦帆冒溟渤，高移文旆到金城。淋漓李墨薰心馥，璨爛吳箋照眼明。四海弟兄良有以，新知却荷一家情。

《稟》臨川

“東都有姓味木、名允明、號立軒者，乃館下鳳洲之叔父也。僕亦有師父之義，而契分最厚矣。三十年前，與貴邦成翠虛、李鵬溟、洪滄浪君，有傾蓋之識，而頗蒙推奬。方今文旆到東都日，彼必詣館下，鬼眼爲之一垂青，則非啻彼之幸，抑僕之幸也。請爲留念。”

《復》泛叟

“僕等旣與鳳洲有雅分，今尊所敎又如此，東都若爲相逢之便，敢不爲尊致意耶?”

《問》臨川

“貴邦一名‘庚寅國’，是我國俗之所傳也，未知然否?”

《答》東郭

“此是誤傳也。自高麗統合三韓之後，歷五百年，我聖祖龍飛，呼號朝鮮。”

與洪、嚴兩書記筆語唱酬。

《稟》臨川

“千里跋涉，動定亨嘉，敬玆拜賀，以布鄙誠。”

《復》龍湖

“昨日枉駕時，適出江上，未參末席，迄以爲恨。今幸良覿，誠副雅願。僕姓嚴，名漢重，字子鼎，號龍湖，今以副使書記官來。”

《奉呈洪鏡湖嚴龍湖兩詞伯》臨川

析木、扶桑西與東，天邊仰見一槎通。壯遊不屑滄溟浪，雲翼遙搏九萬風。

《謹酬臨川辱示韻》鏡湖

我在天西君在東，兩邦交聘古來通。隨槎此日初傾蓋，情義何關異土風。

《謹次臨川詞伯示韻》龍湖

休言壤地隔西東，交誼還隨姓名通。鄴下今看文士盛，篇章綽有建安風。

《三疊前韻奉呈泛叟詞伯》臨川

千鈞筆力敵三豪，逸氣奔騰勢似濤。自愧鈍刀鋒刃退，區區猶作刮龜毛。

《昨領疊和之教今偶成敢呈硯前以請斥正呈李東郭書》臨川

“夫有實者必有名, 有名者不必有實, 古今所論不可誣也。恭惟明公奕業積德, 弸中彪外, 選膺文衡, 職司製述, 遠從使軺以來是邦, 諒知名實相稱, 而官有其人也。昔人有言曰: ‘望豊屋, 知名家; 視喬木, 知舊都。’ 蓋其輪奐之美、鬱蔥之材, 自然不可掩, 則一望一視, 皆知其爲名家、爲舊都矣。明公之於文辭, 亦猶若是乎! 昨登龍門, 一諧鳳視, 欽奉淸詩, 深沐提誨, 悃愊稠疊, 綰結氷釋, 銘刻之餘, 不顧固陋, 敢闢草萊, 以貢葛藤, 原夫詩之道尙矣。 三百篇而上無論, 已下及乎漢、魏、晉、宋, 豪傑雲起, 俊采星馳, 相共掎角, 各樹旗幟。唐有天下, 政綱大振, 氣運所鍾, 人材係焉。前有李、杜, 後有韓、柳, 其餘名家, 若王維、岑參、李翺、張籍、白居易、元稹、許渾、雍陶之屬, 歷可數矣, 而其最可敬服者, 唯杜陵一老翁耳。凡平生所著, 皆是忠孝惻怛之辭, 而憂君憂民之心, 藹然溢乎言外, 則非亦尋常韻士之比, 所謂詩聖者不誣也。趙宋之隆, 亦不乏人。歐、梅、黃、陳、蘇、王、范、陸, 滾滾浩浩, 滔滔溶溶, 孰能知津涯哉? 然論其極, 則又各有長短、工拙, 而不能無優劣于其間也, 詩豈易言哉? 明公之於詩, 含英咀華, 摛奎奪璧, 千能萬狀, 愈出愈奇, 誰得而間然焉? 若僕者魯淺末學, 久效薄俗之宿弊, 未躡古人之淸範, 衆進衆退, 毫無所獲, 管窺井觀, 心在苟安。雖未足知明公之萬一, 然亦未能無感於其詩也。此乃僕之愚心 所以懸懸乎明公也, 不知盛意謂何? 鄙什一卷, 通計百餘首, 皆是陳言庸語, 自知其不足取, 第區區私情, 不能遂已。敬呈座右, 以瀆電矚, 若或一施繩墨制之曲直, 又下數言, 以冠於卷端, 則不貲嘉惠, 何物當之? 他日還鄕, 遍示諸親朋, 嘖嘖以夸耀之, 乃皆曰: ‘公之博愛有容, 而成人之善如此。’ 僕之淺見知所託, 而高明者不見斥亦如此, 然則非特感篤志於今日, 抑將銜厚情於他年矣。伏請明公思一日唱酬之雅, 察鄙人懇禱之誠, 暫頒軫念, 以錫金諾, 恃愛告訴, 不勝氷兢。”

《稟》臨川

“昨日奉訪, 適當公不在, 遺恨如薙本。然今奉言色, 審知迪吉, 曷勝欣騰之至? 昨托鳳洲呈書左右, 未知達否? 所請序文, 願爲存念, 切望切望。”

《復》東郭

“昨夕自船所來, 則華牘留案, 恨未以修啓矣。此又枉訪, 副以清製, 良用感戢, 亡以爲謝。序文當得間構呈, 計計就中前日鄙作, ‘太平休瑞隱彘毛’之隱字, 誤以見字書之, 幸以隱字改書如何? 早晚袖來, 則當卽改呈耳。”

《稟》臨川

“盛教深切, 詎可筆謝? 序文脫藁, 且夕待之, 非敢他望, 今所呈拙詩, 預敍離別耳。尊暇賜和, 則幸甚。方今稠人雜還, 左右旁午, 請暫辭出, 繼以來日。”

《復》東郭

“更枉之教, 不勝翹企, 來時鄙作携來是望, 欲改書以呈耳。”

《奉呈東郭詞伯吟壇下幷序》臨川

“大凡男子, 生有弧矢之設, 是欲廣其耳目、大其心志, 以贊國家之化成也。故龍蟠鳳逸之士、鴻飛豹隱之賢, 遠尋遺蹟, 遍涉萬里, 以暢達平生磊落之氣。太白作七澤之遊, 子長探會稽之奇, 寔天下後世之美譚也。方今明公遠奉槎役, 來到斯土, 太陽所耀, 洪波所激, 風雲之象、魚鳥之態, 皆非尋常觀覽, 則其著於詞翰、文墨之際者, 跌蕩翶翔, 縱橫變態, 讀之使神魂飛揚, 是豈後生晚進, 體規畫圓、準矩作方之比也哉! 曩者偶接光霽, 飽浥賸馥, 盛眷所傾, 深以鏤刻。秖恨嚴程悤悤, 不獲屢接雲談, 以吐竭中藏耳。嗚呼! 盍簪不久, 分袂在邇, 殊方各天, 難期再會, 則豈可得不戚, 以預銷心骨哉? 鐵肺石腸, 猶所不忍, 而況於吾儕多情者乎? 鄙律一篇, 聊寓惜別之意, 幸歛諸箱中, 以爲他日之容顔, 則幸甚萬萬。"

碩德宏材鳴樂浪, 一時從使到扶桑。身游六藝漱芳潤, 道貫三才涵洪荒。詩陣爭鋒連斫壘, 騷壇樹幟獨專場。十年笑我菜鹽學, 萬卷羨君文字腸。驄裏籲雲寧受轡, 飛菟超海不勞航。腰間雄劍氣如蝀, 頭上玄冠鬢未霜。歷覽山川馳彩筆, 盡收風月納奚囊。雍容已見充觀國, 慷慨何須賦陟岡?異域論交情最厚, 盍簪把臂話偏長。卑微姿似蘿縈石, 懸戀心同葵向陽。無奈嚴程難久住, 故攀淸轍惜餘光。天涯地角重回首, 弱羽沈鱗兩渺茫。

呈三使相詩。

《謹奉呈通信正使閣下幷引》臨川

"星軺遙臨, 上偉簪紳之觀; 玉節暫駐, 下慰布韋之望。泰盟無違, 優禮具備, 於戲盛矣。惟其大哉! 爰欽巖瞻, 竊慕風采, 恭裁短律, 式祝鴻休。"

平原望族舊貂蟬, 勳業才華冠世賢。奉使共歌三代德, 結盟永祝兩君年。箕邦典度鼎鍾重, 桑域山河柱石堅。料識載馳功畢日, 萬人鼓舞見榮旋。

《謹奉呈通信副使閣下幷引》臨川

"擅名雄邦, 振經綸之駿業; 奉使異域, 展幹濟之鴻材。水陸艱難, 舟車跋涉, 天人眷相, 動定戩穀, 肅貢烏絲, 庸伸燕賀。”

經術史才特擅場, 峨冠楷笏在鵷行。瓊筵朝坐金鑾殿, 華燭夜歸白玉堂。海國秋高移鳳節, 江天風靜駐龍驤。吾儕空懷披雲志, 帳下寧容替戾岡。

《謹奉呈從事官閤下弁引》臨川

“錦袍已奪, 夙登擢雋之科; 珠履高步, 終恊觀光之志。非唯一身之榮, 實亦闔國之慶, 無繇覔趨, 徒切髗望。敢奏擊壤, 以資軒渠。”

仙軿高擁下秋空, 藉藉姓名動海東。家世遠傳周史學, 詞林大振鄴侯風。已於天上攀丹桂, 又向人間吐彩虹。聞道狄籠有餘地, 甄收應不及苓通。

《稟》臨川

“鄙律三章, 欲奉三使, 君顧分位霄壤, 恐不免唐突之罪也。然區區私情, 不能自已, 巋憑明公, 以要推轂。若一經使君之電矚, 而賜高和, 則榮踰望外矣。明公其圖之。”

《復》東郭

“貴詩已納于三使相前矣。鄙之詩草持來乎? 欲改書一字耳。”

《答》臨川

“承喩不勝欣幸, 且昨領高作隱字之敎, 良用歎服, 而其詩乃所賜莘野者也, 昨已與莘野言之。早晩彼當呈送焉耳。勿勞軫念。”

《稟》臨川

“僕聞朝鮮之爲地, 一方秀靐祥氣所鍾, 偉人才子, 往往而出, 風化之美、文物之盛, 幾不讓中華矣。自古來此邦者, 歷歷可數, 而皆無不鳴其才、擅其美, 以流芳於國中也。方今見公之爲人, 卓識宏才, 其過於古人者, 何啻萬萬哉? 可謂不易得之才也。其餘諸子, 德行文章, 超然一時者, 有幾人乎? 且貴邦與中朝, 壤地相接, 轍跡相通, 想不待雁鯉, 往來以相知聞也。如今中華名儒, 最鳴于世者爲誰? 倂記以示之, 則幸甚。"

《答》東郭

"我國自素車東來之後, 道學文物, 蔚然大盛, 歷數千餘載, 而如一日矣。自麗季至我聖朝, 文章之士, 肩磨踵接, 不可勝算。而其中以道德鳴者, 不肯盡於詞華之末, 若李退溪、李栗谷、趙正菴、李晦齋、金佔蹕齋、宋尤齋諸先生, 其文章非不與道學齊高, 而文章卽反爲其餘事矣。 方今國家,以表、策、詩、賦、論、疑、義、箴、銘、頌各體文字試取, 故以詞章爲發身之階梯者滔滔。此卽進取之路, 在於科場故也。理學方柄用於朝廷, 則詞翰特其末事, 曷足多稱也哉?"

《席上卒呈李洪嚴三詞伯以助詩壇之豪興二首》臨川

《其一》

耶馬臺頭秋正高, 西風葉葉下林皐。 我邦本有蓬萊島, 試擲一竿連六鼇。

《其二》

錦帆高掛海天東, 萬里來乘宗慤風。請見扶桑三百尺, 金輪湧處洗晨紅。

《稟》臨川

"雜賓旁午, 不盡款談, 唱酬多時, 想勞盛意。今暫辭出, 繼以來日,所呈拙詩, 尊暇賜和爲幸。"

《復》鏡湖

"兩詩謹受耳。方有忙迫事, 從當和呈耳。"

《呈洪鏡湖書》臨川

"昨造館中一逢, 稠人雜還, 倉卒辭去, 故不獲從容以受霏屑也, 遺憾迄今, 如不澣衣。昨來尊候何似? 伏惟萬福今日。偶因有事, 故不得躬詣館下, 敬玆莊尺, 以候台禧。鄙什二章, 附以短跋, 幸與嚴、南二君同照見之耳。漫言叨叨, 屢瀆嚴聽, 秖祈鴻宥, 枉賜高和幸甚。意長筆短, 餘留面展。"

《奉呈鏡湖龍湖泛叟三詞伯二首幷跋》臨川

筆語吐心曲, 不辭硯滴乾。春葩摛翰苑, 秋藻麗詩壇。俊逸懷曹植, 風流見謝安。淸標何所似? 窓外竹千竿。雞林豪傑士, 此日得從容。自有箕裘業, 寧無車服庸? 文園爭逐鹿, 學海特騎龍。預要別淸貌, 慇懃寫寸胸。

"夫交友之際, 誠實而已。人惟輕浮, 故不能保其交也。苟不相合, 則雖同鄕同閭, 其爲相知者幾希。如僕生質疏懶, 不慣時俗, 趦趄囁嚅。每與人相違者, 十而八九, 非啻人之不知僕, 抑僕之不知人也。噫! 不知而不慍者, 君子之所以爲君子, 雖不可及, 亦將學焉。今見公等之爲人, 渾厚篤實, 大有可敬服者。是以旦夕拳拳, 未嘗不注想於左右也。然公等東行發軔在邇, 僕亦當西歸矣。一別萬里, 風馬牛之不相及, 則豈得能無悽悽哉? 第比日唱酬之佳什, 歛篋笥以置几牀, 窓前燈下, 開闔卷舒, 永如相對于一席之間, 則天涯交誼, 邃當不朽于他日耳。楮國有餘地, 敢玆瑣碎云。"

《奉呈泛叟詞伯》臨川

奮藻共期駭八紘，吾人何用對鷽鷽？秋天氣爽添詩力，客舍興來寫旅情。交際休論新與舊，時流宜辯濁兼淸。唱酬方識襟胸潔，今日爲君肝膽傾。

《復臨川書》鏡湖

"昨承華翰，辭旨懇款，惠寄佳什，格律淸新，把玩再三，紙欲生毛。竝與前韻，今始和呈，俚拙可媿，恕覽幸甚。分張不遠，可能忘勞枉顧耶？不宣。惟照察。"

《謹次臨川前後辱示韻》鏡湖

爲客秋將盡，思鄕淚不乾。異方逢韻士，禪院築詩壇。樽酒新知樂，蒲團信宿安。佳篇忽在手，窓外日三竿。遠遊多苦況，佳友荷相容。爲愛才英秀，徐慙性拙庸。高文稱繡虎，弘辯擅雕龍。宇宙知音少，靑霞菀吐胸。

瑤海迢迢璧月高，獨憑危檻望江臯。風輕鶴背纖雲盡，縹緲三山戴六鼇。

交親不繫地西東，一見知君有古風。秋日寺樓同徙倚，海天霜落晩楓紅。

《追次臨川詞伯韻錄奉淸案仍乞斥正》泛叟

識子擅名桑野紘，遷喬早晩見幽鷽。相逢異域欣同契，縱是新交似舊情。三疊詩篇聲格古，一牀杯酒笑談淸。臨川自有朱華筆，灑罷堂中四座傾。

《稟》泛叟

“數日坐齋阻話, 方耿結于中。卽對淸儀, 欣慰欣慰。靈草之惠, 尤庸感謝之至。貴韻兩律兩絶, 今朝始得奉玩, 從當和呈耳。”

同。 龍湖

“惠示五言近體及七絶, 和之而未及寫出, 今宵書呈耳。惠饋珍草實志貺, 珍謝不已。”

《復》臨川

“數日來偶因俗冗, 以欠偵候, 此奉言色, 欣歎何極? 煙草之謝, 却用慙赧。且又賜和之敎, 不勝饜望。”

《稟》東郭

“頃日毛字韻, 與足下酬唱, 而其詩中一見字, 尙未改之, 何不暫投耶?”

《復》臨川

“屢承高作改書之敎, 僕已與莘野言之, 想彼未呈送焉耳。今請改書前作見送, 僕謹當送之莘野如何?”

《稟》東郭

“毛字原韻, 出於足下, 非莘野之詩也。鄙作忘未記, 得見鄙草後, 方可改書耳。”

《復》臨川

“僕當就莘野, 探討以呈之。勿勞軫念。”

三使相和篇。

《酬謝臨川田君見投之韻》正使平泉

客窓癡坐等寒蟬, 黃卷蕭然對聖賢。月掛半簷天似水, 鍾鳴古寺夜如年。三秋遠役重溟盡, 兩國歡盟百世望。最愛臨川多秀句, 幾時傾蓋好周旋?

《寄謝田秀士文右》副使三韓槎客

聞君文彩冠詞場, 妙譽青春出輩行。忽見新詩投旅榻, 催呼明燭坐華堂。今來異域觀風遠, 幾箇英才奮首驤。萬里壯遊奇勝足, 淸秋弭節富山岡。

《奉酬田秀才詞案》從事南岡

峨峨粉堞揷晴空, 大坂繁華擅日東。百里帆檣迷極浦, 千家橘柚擁香風。連雲疊榭疑噓蜃, 跨水長橋見臥虹。盥手更吟才子句, 好音何待狄鞮通。

《稟》東郭

"此三使臣所作也, 今投呈之。"

《復》臨川

"三使君之高和, 謹拜受焉。僕藏之, 以爲傳家之珍耳。顧分位敻別, 何緣得此寵榮也? 實是出於明公, 維持之力者多矣。感謝萬萬, 非筆舌所盡也。"

《奉次臨川詞伯瓊韻》龍湖

誰寄郵箇至? 新詩墨未乾。詞場新建幟, 文苑舊登壇。賡和才難逮, 推敲字未安。珊瑚海中出, 欲拂釣魚竿。已幸拚瓊什, 還欣覩玉容。襟懷元灑落, 才調脫凡庸。彩羽看祥鳳, 珍珠摘睡龍。殊方托新契, 倍覺盪塵胸。

水國涼生秋氣高，荻花楓葉滿汀臯。吾行今逐任公子，會看滄海釣巨鼇。

奎文耀彩海天東，麗什能追大雅風。怊悵禪樓成遠別，橘林秋盡夕陽紅。

《僕從副使任公而來故七絶及之奉次臨川詞伯奇示韻》泛叟

扶桑月出海門高，欲訪仙人上遠臯。望裏三山終不見，滄茫何處問霜鼇。

客棹明朝又向東，分携他日馬牛風。蜻洲、鰈域相思處，遙望東天曉旭紅。

《奉別臨川詞伯》鏡湖

騷仙隨我渡滄津，海上還同逐臭人。浪泊城邊仍作別，秋風回首暗傷神。

《大坂城別臨川詞伯》東郭

一路連滄海，孤帆帶夕暉。如何爲客處，還復送君歸?

《贈別臨川詞伯》龍湖

多謝臨川子，慇懃訪我來。朱華照仙筆，應向鄴城廻。

《奉呈東郭詞伯》臨川

紫氣西來人似龍，文章海內特稱宗。蕭蕭襟懷三秋菊，落落淸標千歲松。已見新詩驚比屋，又知絶業拂群庸。遠遊不負懸弧志，定有功名上鼎鍾。

《稟》東郭

"所托序文, 忙未製呈, 當附芳洲夫, 卽傳送耳。俺之回來時, 可得相見耳。"

《稟四先生》臨川

"僕今將西歸, 敬玆告別。比日唱酬, 多荷惠意, 銘肝雕心, 何日忘之。惟時乍寒, 前途猶遠, 仰冀加餐, 萬萬自重。"

《臨川詩集敍》

古人不云乎? 雖不能工詩, 欲工於詩者, 亦可愛, 此蓋嗜詩者之說, 而欲工於詩者亦可愛, 則況已工於詩者乎? 余未知所謂詩者, 所取者何義, 所尙者何體, 而能輕重於人若是哉! 載道不如經傳, 記實不如傳謨, 則詩者無用之文字也, 何事於詩哉? 然陶人之性情、發人之心志, 遇景而摸寫, 與人而唱酬, 非詩則近乎野矣。其用又曷可少之哉? 唐、宋之間, 或以詩取人, 故人以此爲沽名、媒榮之資, 詩之多且盛固也。若無所爲, 而刻意用力, 以求至乎工且妙, 非癖於詩者, 其誰能之? 日東國于海中地僻, 而左文教, 蓋遜于中國, 而自數世以來, 群才鵲起, 攻詩者衆, 人文已彬彬矣。余與臨川君, 遇於浪華賓館, 贈示數詩, 而語甚淸婉可愛。余遂步其韻, 仍與定交, 臨別投其所著詩稿, 求一言弁其卷。余受而卒業, 其詩情境妥帖, 意致優閑, 紆餘而不迫, 矕舒而不泥, 眞一世之闊步, 而將卜日登壇者也。噫! 余與臨川君, 各處於兩國五六千里之外, 何嘗有一日之雅? 而以詩而托契, 以詩而倒廩。余雖不能長君之聲價, 詩之有補於交際者, 不其大歟? 以詩而求詩, 不若以人而求詩, 能於詩者, 不待其組繪章句, 而其言語動作, 無非詩也。余觀臨川君, 骨淸而秀貌謹, 而手氣之和, 而襲人談之豪, 而飛屑一接, 可知其能於詩矣。若是者其可以詩而掩人乎! 余旣愛其人, 如愛其詩,不敢以不文辭, 遂撥忙題數語, 而歸之汚佛頭之誚, 有不足顧矣。

歲黑龍仲春上浣, 三韓 東郭。

《廣陵問槎錄》卷下畢。

【영인】

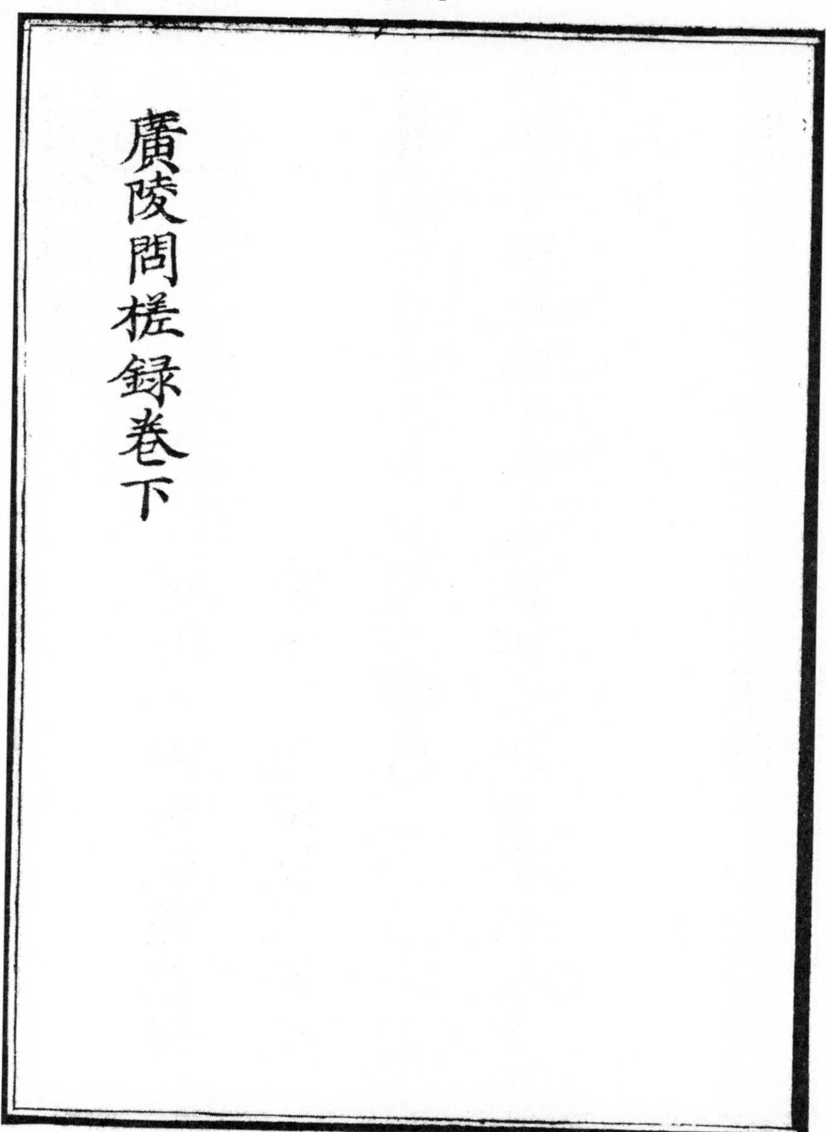
廣陵問槎録卷下

廣陵問槎録卷下

崎山　山田敬適意録

榛溪　藤田覺天游校

　　　　　　臨川

東

僕姓ハ寺田名ハ立革字ハ鳳翼號臨川安藝州ノ人事ニ本州ノ太守ニ

復　　　　　東郭

僕姓李名礥字重叔號東郭生甲午乙卯進士癸酉文科狀元丁丑重試曾任安陵太守以製述官承命來到耳

復　　　　　　　　泛叟

僕姓南名聖重字仲容號泛叟從事官書記來

問　　　　　　　　東郭

尊年幾許

答　臨川

驢年三十四矣

問　臨川

尊公幾年登第今春秋幾許

答　東郭

四十登第四十四又登重試今年五十八矣

問　臨川

尊公春秋幾許
答　　　　　　　　　　泛叟
時年四十七矣
奉呈
李東郭　南泛叟兩詞伯要和　　臨川
卓犖才華蓋世豪壯遊千里涉波濤文明有瑞人皆

仰五色雲中彩鳳毛

奉次

臨川詞伯辱贈韻　東郭

跌宕詩情差更豪輕舟不怕冒鯨濤此行正似平原客十九人中自愧毛

奉次

臨川詞伯辱示韻　泛叟

看君自是日南豪對榻先驚筆下濤慚我詩腸枯槁
盡鏡中衰鬂但霜毛

稟　　　　　　　　　　臨川

蕭二珠玉滿紙銀鉤悃愊稠重感謝難名

又　　　　　　　　　　同

春間已聞文旆指東遥二翹首若大旱之望雲霓
惟天有諒錫以奇緣若不棄菅蒯則繼見共結詩

壇之盟未知 盛意如何

復 東郭

僕之浮海已三四箇月涉險幾四五千里而能保性命而到此得承 清咳於今豈非幸哉

再次

東郭詞伯辱和奉謝 臨川

片時詩成見雄豪健筆倒懸寶峽濤欲識人間名

望重泰山却是一毫毛

再次

泛叟詞伯辱和奉謝　　臨川

行藏自愧氣無豪柔㯅難凌學海濤幸對清標見

揮筆縱橫風起紫毫毛

稟　　臨川

僕在座右見公等布字屬辭一筆千掃傍若無

人自非卓絶之才其能若是僕襪線之材無尺寸長器宇鈍澁兼以多病年歩難進功業無成已之文辭又拙揮灑驢技鼠窮甚不副高明者之所望也慚赧

復　　　泛叟

過於自謙而優於奬人何也却用懟赧

再酬

臨川詞伯　　　　　　　東郭

天敎酒老遇詩豪意氣相投興似濤行役四旬吾已

左莫疑霜雪着顚毛

再次

臨川詞伯韻要和　　　　泛叟

元龍百丈不除豪胸裏汪汪萬頃濤休向騷壇爭末

藝本来誠信任皮毛

左傳曰皮之不存毛將焉傅取用兩國誠信之義

席上草呈

臨川詞伯求和　東郭

閶闔風高一棹輕滄溟盡處坦途平瓊琚世界扶桑域錦繡秋光大坂城蓉葉無霜千樹綠晩花含露數枝明須看此日團圓樂示出王家惠好情

奉次

東郭詞伯辱賜之韻　　臨川

千山搖落葉飛輕萬里怒濤氣不平遥掛錦帆冒溟渤高移文旆到金城淋漓李墨薰心馥璨爛吳牋照眼明四海弟兄良有以新知却荷一家情

稟　　臨川

東都有姓咊木名允明號立軒者乃館下鳳洲之

叔父也僕亦有師父之義而契分最厚矣三十年前與貴邦成翠虛李鵬溟洪滄浪諸君有傾蓋之識而頗蒙推奬方今　文旆到東都日彼必請館下鬼眼為之一年青則非啻彼之幸抑僕之幸也請為留念

復　泛叟

僕等既與鳳洲有雅分今尊所教又如此東都若

為相逢之便敢不為尊致意耶

問　臨川

貴邦一名庚寅國是我國俗之所傳也未知然否

答　東郭

此是誤傳也自高麗統合三韓之後歷五百年我

聖祖龍飛呼號朝鮮

與洪嚴兩書記筆語唱酬

稟　　臨川

千里跋涉動定亨嘉敬茲拜賀以布鄙誠

復　　龍湖

昨日枉駕時適出江上未參末席迄以爲恨今幸

良覿誠副雅願僕姓嚴名漢重字子鼎號龍湖今

以副使書記官來

奉呈

洪鏡湖

嚴龍湖 兩詞伯　　臨川

析木扶桑西與東天邊仰見一槎通壯遊不屑滄溟浪雲翼遙搏九萬風

謹酬

臨川辱示韻　　鏡湖

我在天西君在東兩邦交聘古來通隨槎此日初傾蓋情義何關異土風

謹次

臨川詞伯示韻

龍湖

休言壤地隔西東交誼還隨姓名通薊下今看文士盛篇章綽有建安風

三疊前韻奉呈

泛叟詞伯　臨川

千鈞筆力敵三千豪逸氣奔騰勢似濤自愧鈍刀鋒刃
退遲猶作刮龜毛

昨領疊和之教令偶成敢呈硯前以請作正

呈李東郭書　臨川

夫有實者必有名有名者不必有實古今所論不可
誣也恭惟　明公奕葉積德弸中彪外　選膺文衡

職司製述遠從 使軺以來是邦諒知名實相稱
而 官有其人也昔人有言曰望豐屋知名家視喬
木知舊都蓋其輪奐之美欝葱之材自然不可掩則
一望一視皆知其為名家為舊都矣明公之於文辭
亦猶若是乎昨登 龍門一諧 鳳視欽奉 清詩
深沐 提誨悃愊稠疊綰結氷釋銘刻之餘不顧固
陋敢闚草萊以貢葛藤原夫詩之道尚矣三百篇而

上無論已下及乎漢魏晋宋豪傑雲起俊采星馳相共犄角各樹旗幟唐有天下政綱大振氣運所鍾人材係焉前有李杜後有韓柳其餘名家若王維岑参李翱張籍白居易元稹許渾雍陶之屬歷歷可數矣而其最可敬服者唯杜陵一老翁耳凡平生所著皆是忠孝惻怛之辭而憂君憂民之心藹然溢乎言外則非示尋常韻士之比所謂詩聖者不誣也趙宋之

隆亦不乏人歐梅黃陳蘇王范陸流浩滔溶
孰能知津涯哉然論其極則又各有長短工拙而
不能無優劣于其間也詩豈易言哉 明公之於詩
含英咀華摘奎奪璧千態萬狀愈出愈奇誰得而間
然焉若僕者膚淺末学久效薄俗之宿弊未撰古人
之請範衆進衆退毫無所獲管窺井觀心在苟安雖
未足知 明公之萬一然亦未能無感於其詩也此

乃僕之愚心所以懸々乎 明公也不知 盛意謂何鄙什一卷通計百餘首皆是陳言庸語自知其不足取第區々私情不能遂已敬呈座右以瀆 黿鼉若或一施繩墨制之曲直又下數言以冠於卷端則不貲嘉惠何物當之他日還鄕遍示諸親朋嘖々以夸耀之乃皆曰 公之博愛有容而成人之善如此僕之淺見知所託而高明者不見作亦如此然則非

特感篤志於今日抑將寓厚情於他年矣伏請
明公思一日唱酬之雅察鄙人懇禱之誠暫領軫念
以錫金諾恃愛昔訴不勝氷競

稟　　　　臨川

昨日奉訪適當　公不在遺恨如茬本然今奉言
色審知迪吉曷勝欣騰之至昨把鳳洌呈書左右

未知達否所請序文願爲存念切望〻〻

復　　　　　　東郭

昨夕自舩所来則華牘留案恨未以修敬奐此又枉訪副以清製良用感戢亡以爲謝序文當得間搆呈計々就中前白鄙作太平休瑞隱見毛之隱字誤以見字書之幸以隱字改書如何早晚柚来則當即改呈耳

稟　　　　　　　　　　臨川
盛教深切詎可筆謝序文脫藁且夕待之非敢他
望令所呈拙詩預叙離別耳　尊暇賜和則幸甚
方今稠人雜遝左右旁午請暫辭出繼以来日
復　　　　　　　　　東郭
更枉之教不勝翹企来時即作携来是望欲改書
以呈耳

奉呈

東郭詞伯吟壇下 并序　臨川

大凡男子生有弧矢之設是欲廣其耳目大其心志以贊國家之化成也故龍蟠鳳逸之士鴻飛豹隱之賢遠尋遺蹟遍渉萬里以暢達平生磊落之氣太白作七澤之遊子長探會稽之奇寔天下後世之美譚也方今 明公遠奉槎役來到斯土太陽所燿洪波

所激風雲之象魚鳥之態皆非尋常觀覽則其著於
詞翰文墨之際者跌蕩翱翔縱橫變態讀之使神魂
飛揚是豈後生晩進體規畫圓準矩作方之比也哉
曩有偶接 光霽飽挹願欬 盛眷所傾深以縷刻
祇恨 嚴程忩忩不獲屢接雲談以吐竭中藏耳嗚
呼盍簪不久分袂在邇殊方各天難期再會則豈可
得不戚以預銷心骨哉鐵肺石腸猶所不忍而況

於吾儕多情者乎鄙律一篇聊寓惜別之意幸斂諸
箱中以為袍白之容顏則幸甚萬々
碩德宏材鳴樂浪一時從使到扶桑身游六藝漱芳
潤道貫三才涵洪荒詩陣爭鋒建砥壘騷壇樹幟獨
專場十年笑我萊蘆學萬卷羨君文字腸驟裊薾雲
寧受鑾飛苑超海不勞航腰間雄劍氣如鍊頭上玄
冠髮未霜歷覽山川馳彩筆盡收風月納奚囊雍容

已見充觀國慷慨何須賦陟岡異域論交情最厚盍簪把臂話偏長卑微姿似蘿縈石戀戀心同葵向陽無奈嚴程難久住故攀清轍惜餘光天涯地角重回首鴻翮沉鱗兩渺茫

呈三使相詩

謹奉呈

通信正使 閤下 并引 臨川

星軺遥臨 上佛簪紳之觀 玉節暫駐下慰布

帝之望泰盟無違優禮是備於戯盛矣惟其大

哉爰欽 巖瞻竊慕 風采恭裁短律式祝

鴻休

平原望族舊貂蟬勲業才華冠世賢奉使共歌三代

德結盟永祝 兩君年 箕邦典度嵎鍾重 桑域

山河柱石堅料識戴馳功畢日萬人鼓舞見榮旋

謹奉呈

通信副使 閤下 并引 臨川

擅名雄邦振經綸之駿業奉使異域展幹濟之鴻材水陸艱難舟車跋渉天人眷相動定哉

穀肅貢烏絲膚伸燕賀

經術史才恃禮鳴我冠搢笏在鵷行瓊筵朝坐金鑾

殿華燭夜歸白玉堂海國秋高移鳳節江天風靜駐
龍驤吾儕空懷披雲志帳下寧容替戾岡

謹奉呈

從事官 閤下 并引 臨川

錦袍已奪夙登擢島之科珠履高步終協觀光
之志非唯一身之榮實亦闔國之慶無繇覔
趨徒切瞻望敢叅擊壤以資軒渠

仙軿高擁下秋空籍姓名動海東家世遠傳周史
學詞林大振鄴侯風已於天上攀丹桂又向人間吐
彩虹聞道狄籠有餘地甄收應不及苓通

稟　　臨川

鄙律三章欲奉　三使君顧分位霄壤恐不免唐
突之罪也然區々私情不能自已顓憑　明公以
要推轂若一經　使君之電矚而賜高和則榮踰

望外矣 明公其圖之

復 東郭

貴詩已納于三使相前矣鄙之詩草持來乎欲改書一字耳

答 臨川

承喩不勝欣幸且昨領高作隱字之敎良用歎服而其詩乃所賜莘野者也昨已與莘野言之畢說

彼當呈送焉耳勿勞彰念

稟　　　　臨川

僕聞朝鮮之爲地一方秀靈祥氣所鍾儁人才子往往而出風化之美文物之盛幾不讓中華矣自古來此邦者歷歷可數而皆無不鳴其才擅其美以流芳於國中也方今見公之爲人卓識宏才其過於古人者何啻萬萬哉可謂不易得之才也

其餘諸子德行文章超然一時者有幾人乎且貴邦與中朝壤地相接轍跡相通想不待雁鯉往來以相知聞也如今中華名儒最鳴于世者為誰併記以示之則幸甚

答　東郭

我國自素車東來之後道学文物蔚然大盛歷數千餘載而如一日矣自麗季至我　聖朝文章之

士肩磨踵接不可勝筭而其中以道德鳴者不啻
盡於詞華之末若李退溪李栗谷趙正菴李晦齋
金佔畢齋宋尤齋諸先生其文章非不與道学齊
高而文章即反為其餘事矣方今　國家以表策
詩賦論疑義箴銘頌各體文字試取故以詞章為
發身之階梯者滔滔此即進取之路在於科場故
也理学辟。　方柄用於朝廷則詞翰特其末事焉

是多耕也哉

席上卒呈

李洪巖三詞伯以助詩壇之豪興二首　臨川

其一

耶馬臺頭秋正高西風乘下林皐我邦本有蓬萊

島試擲一竿連六鼇

其二

錦帆高掛海天東萬里來乗宗慤風請見杖系三百尺金輪湧處洗晨紅

稟　臨川

雜賓旁午不盡款談唱酬多時想勞盛意令暫辭出繼以來自所呈拙詩　尊賜和為幸

復　鏡湖

兩詩謹受耳方有忙迫事從當和呈耳

呈洪鏡湖書　臨川

昨造館中一逢稠人雜遝倉卒辭去故不獲從容以
受霏屑也遺憾迄今如不澣衣昨来　尊候何似伏
惟萬福今日偶因有事故不得躬詣館下敬茲莊尺
以候　台禧鄙什二章附以短跋幸與　嚴南二君
同照見之耳漫言叨屢瀆　嚴聽秖祈　鴻宥枉
賜　高和　幸甚意長筆短餘留面展

奉呈

鏡湖 龍湖 泛叟三詞伯 二首 幷跋 臨川

筆諧吐心曲不辭硯滴乾春葩摛翰苑秋藻麗詩壇
俊逸懷曹植風流見謝安清標何所似窻外竹千竿
雞林豪傑士此日得從容自有箕裘業寧無車服庸
文園争逐鹿学海特騎龍頡頏要別清貌慇懃寫寸胸

夫交友之際誠實而已人惟輕浮故不能保其交

也苟不相合則雖同鄉同閭其為相知者幾希如
僕生質踈懶不慣時俗趑趄囁嚅每與人相違
者十而八九非啻人之不知僕抑僕之不知人也
噫不知而不慍者君子之所以為君子雖不可及
亦將學焉令見 公等之為人渾厚篤實大有可
敬服者是以旦夕拳拳未嘗不注想於 左右也
然 公等東行發軔在邇僕亦當西歸矣一別邈

里風馬牛之不相及則豈得能無悽哉第比日
嚶醻之佳什斂諸篋笥以置几床窻前燈下閑闔
巻舒永如相對于一席之間則天涯交誼遂當不
朽于他日耳楮國有餘地敢茲瑣碎云

奉呈

從吏詞伯　　　　　　　　臨川

奮藻共期駭八紘吾人何用對鸎鳥秋天氣爽添詩

力容含興來寫旅情交際休論新與舊時流宜辯濁
兼清唱酬方識襟胸潔令白爲君肝膽傾

復臨川書　鏡湖

昨承華翰辭旨懇款惠寄隹什格律清新把玩再三
紙欲生毛並與前韻令姪和呈俚拙可媿恕覽幸甚
分張不遠可能忘勞枉顧耶不宣惟照察

謹次

臨川前後辱示韻　鏡湖

為客秋將盡思鄉涙不乾異方逢韻士禪院築詩壇
樽酒新知樂蒲團信宿安隹篇忽在手窓外日三竿
遠遊多苦况隹友荷相容為愛才英秀孫慙性拙庸
高文稱繡虎弘辯擅雕龍宇宙知音少青霞苑吐胸
瑶海迢　辟月高獨憑危檻望江皐風輕鶴背纖雲
盡縹緲三山戴六鼇

交親不繫地西東一見知君有古風秋日寺樓同徙
倚海天霜落晚楓紅

追次

臨川詞伯韻録奉清案仍乞斧正　　泛叟

識子擅名桑野紘遷喬早晚見幽鸎相逢異域欣同
契縱是新交似舊情三疊詩篇聲裕古一床杯酒笑
談清臨川自有未華筆灑罷堂中四座傾

稟　　泛叟

數日坐齋阻話方耿結于中即對清儀欣慰

露草之惠尤庸感謝之至貴韻兩律兩絶令朝始

得奉玩從當和呈耳

同　　龍湖

惠示五言近躰及七絶和之而未及寫出令胥書

呈耳惠饋珍草實志貺珍謝不已

復　臨川

數日来偶因俗冗汲欠偵候此奉言色欣歡何極

烟草之謝却用慙赧且又賜和之敎不勝龍望

稟　東郭

頭日毛字韻與足下酬唱而其詩中一見字尚未

改之何不暫投耶

復 臨川

屢承高作改書之教僕已與華野言之想彼未呈送焉耳今請改書前作見送僕謹當送之華野如何

稟 東郭

毛字原韻出於足下非華野之詩也鄙作忘未記得見鄙草後方可改書耳

復　　臨川

僕當就草野探討以呈之勿勞軫念

三使相和篇

酬謝

臨川田君見投之韻　　正使　平泉

客窻凝坐等寒蟬黃卷蕭然對聖賢月掛半簷天似

水鐘鳴古寺夜如年三秋遠役重溟盡　兩國歡盟

百世堅最愛臨川多秀句幾時傾蓋好周旋

寄謝

田秀士文右

副使 三韓槎容

聞君文彩冠詞場妙譽青春出輩行忽見新詩投旅榻催呼明燭坐華堂令來異域觀風遠幾箇英才奮首驤萬里壯遊奇勝足清秋弭節富山岡

奉酬

田秀才詞案

從事　南岡

筊粉堞挿晴空大坂繁華擅日東百里帆檣迷椊浦千家橘柚擁香風連雲疊樹疑喧蜃跨水長橋見臥虹盟手更吟才子句好音何待狄鞮通

稟　東郭

此三使臣所作也今投呈之

復　　　　　　　　　　臨川

三使君之高和謹拜受焉僕藏之以爲傳家之珍耳顧分位夐別何緣得此寵榮也實是出於明公維持之力者多矣感謝萬非筆舌所盡也

奉次

臨川詞伯瓊韻　　　　　龍湖

誰寄郵筒至新詩墨未乾詞場新建幟文苑舊登壇

賡和才難逮推敲字未安珊瑚海中出欲拂釣魚竿

已幸拚瓊什還欣覩玉容襟懷元灑落才調脫凡庸

彩羽看样鳳珍珠摘睡龍妹方托新契倍覺盪塵胸

水國凉生秋氣高荻花楓葉滿汀皐吾行令逐任公

子會看滄海釣巨鼇

奎文耀彩海天東麗什能追大雅風怊悵樺樓成遠

別橋林秋盡夕陽紅

僕從副使任公而來故七絶及之

奉次

臨川詞伯寄示韻　泛叟

扶桑月出海門高欲訪仙人上遠皐望裡三山終不見滄茫何處問霜鼇

客棹明朝又向東分携他日馬牛風蜻洲鰈域相思處遥望東天曉旭紅

奉別

臨川詞伯　鏡湖

驂仙隨我渡滄津海上還同逐臭人浪泊城邊仍作別秋風回首暗傷神

大坂城別

臨川詞伯　東郭

一踄連滄海孤帆帶夕暉如何為客處還復送君歸

贈別

臨川詞伯　　龍湖

多謝臨川子慇懃訪我來朱華照仙筆應向鄴城迴

奉呈

東郭詞伯　　臨川

紫氣西來人似龍文章海内特稱宗蕭襟懷三秋

菊落清標千歳松已見新詩驚比屋又知絶業拂

群庸遠遊不負懸弧志定有功名上鼎鍾

稟　　　　　　　　東郭

所托序文忙未製呈當附芳洲夫即傳送耳俺之

回來時可得相見耳

稟　四先生　　　　臨川

僕令將西歸敬茲告別比日唱酬多荷恵意銘肝

雖心何日忘之惟時乍寒前途猶遠仰冀加餐萬

萬自重

臨川詩集敘

古人不云乎雖不能工詩欲工於詩者亦可愛此蓋嗜詩者之說而欲工於詩者亦可愛則況已工於詩者乎余未知所謂詩者所取者何義所尚者何體而能輕重於人若是哉載道不如經傳記實不如傳謨則詩者無用之文字也何事於詩哉然陶人之性情發人之心志遇景而模寫與人而唱酬非詩則近乎

野矣其用又曷可少之哉唐宋之間或以詩取人故人以此為沽名媒栄之資詩之多且盛固也若無所為而刻意用力以求至乎工且妙非癖於詩者其誰能之日東國于海中地僻而左文教蓋遜于中國而自數世以来群才鵲起攻詩者衆人文已彬彬矣余與臨川君遇於浪華賓館贈示數詩而詩甚清婉可愛余遂步其韻仍與定交臨別披其所著詩稿求一下

言弁其卷余受而卒業其詩情境妥帖意致優閑紆餘而不迫卷舒而不泥真一世之瀾歩而將卜白登壇者也噫余與臨川君各處於兩國五六千里之外何嘗有一日之雅而以詩而托契以詩而倒廩余雖不能長君之聲價詩之有補於交際者不其大歟以詩而求詩不若以人而求詩能於詩者不待其組繪章句而其言語動作無非詩也余觀臨川君骨清而

秀貌謹而手氣之和而襲人談之豪而飛屑一接可知其能於詩矣若是者其可以詩而掩人乎余既愛其人如愛其詩不敢以不文辭遂撥忙題數語而歸之汚佛頭之誚有不足顧矣

歲黑龍仲春上浣　三韓東郭

廣陵問槎録巻下畢

조선통신사 필담창화집의 일본 출판

허경진·박혜민

1. 서론

본고에서 '출판'이란 서적을 영리적으로 생산, 공급하는 상업 출판을 의미한다. 만약 조선통신사에 관한 책이 상업 출판되었다고 한다면 이는 곧 조선통신사에 관한 책을 수요하고자 하는 독자층이 존재하였다는 것이고, 이를 토대로 하여 조선통신사에 관한 문화가 당대에 끼친 영향력을 짐작할 수 있는 하나의 지표가 될 것이다.

인쇄가 의미하는 것은 대량 생산·판매로 일본에서는 에도시대의 整板本(목판에 의한 서적 인쇄)을 시작으로 대량 출판, 즉 상업 출판이 시작되었다. 鎌倉·室町시대 이전의 주류였던 筆寫本 형식은 대량생산까지 이어질 수 없었다.[1] 그에 비해 整板本은 처음 開板할 때만 자본이 들 뿐, 板木만 있으면 몇 부라도 인쇄할 수 있었기 때문에 서적의 대량 제작이 가능해졌다. 에도시대 때 서적의 출판처·출판자를 가리켜 板

* 1711년의 제8차 통신사 때부터 활발해진 필담창화집 출판 상황의 이해를 돕기 위해 이 논문을 덧붙인다.

1 長友千代治, 『江戸時代の図書流通』, 思文閣出版, 2005, 3~4쪽 참조.

元 또는 版元이라고 하였는데, 당시에는 板木의 제작부터 인쇄·판매까지 한 곳에서 이루어졌고 그 板木을 소유한 서점을 일컬어 板元(본고에서는 이를 '발행처'라 번역하겠다.)이라고 하였다. 에도시대의 서점의 명칭은 다양하여 書肆, 書林, 書店, 書房, 書樱, 書堂, 書舖, 書賈, 書商, 書坊 등으로도 불렸다. 예로 들어 『鷄林唱和集』은 京師書坊의 松栢堂과 奎文舘에 의해, 『槎客通筒集』은 洛下書肆의 臨泉堂에 의해, 『桑韓星槎答響』은 平安書林 柳枝軒에 의해,『對麗筆語』는 書房 出雲寺和泉緣에 의해 간행되었다고 표기되어 있다.

에도시대에 일본은 목판본에 의한 상업 출판이 형성, 발달되었는데, 1607년 여우길을 정사로 한 1차 사행을 시작으로 1811년 김이교를 정사로 한 마지막 12차 사행 역시 그 시기에 포함된다. 사행시 일본 문인들과 공식적인 譯官을 통한 교류 외에 酬唱이나 筆談을 매개로 교류하였고 그 소통의 결과물 중 상당수가 일본에서 상업 출판되었다. 지금까지 한국에서 에도시대 일본 출판사업의 번영과 그에 따른 문학과의 영향관계에 대한 논의는 있었으나 대개 浮世草子 類와 같은 소설에 한정된 논의였다.[2] 한문서적, 그 중에서도 특히 조선통신사와 관련된 필담창화집의 상업 출판에 대해서는 논의된 바가 없다. 본고는

2 관련 논문으로는 황소연과 서태순의 논문이 있다. 에도시대의 일본 출판 사업의 번성에 관련하여 황소연은 오사카 중심으로 논의하였고, 서태순은 교토, 오사카, 에도를 아울러 통사적으로 접근하고 있어 지역적 범주에는 차이가 있으나 문학과의 영향관계 부분은 양자가 우키요조시(浮世草子) 류의 소설에 한정된다는 공통점이 있다. (황소연, 「오사카의 출판문화전개와 사이카쿠 (西鶴)-1686년을 중심으로-」, 『일본어문학Vol.9』, 한국일본어문학회, 2000, 서태순, 「근세 한, 일 출판문화 고찰 -소설의 유통과 발달과의 관계-」『일본어문학, Vol.1』, 한국일본어문학회, 1995)

조선통신사 관련 필담창화집의 간행 정보(板元, 刊記)를 조사하여 일본에서의 상업출판 양상을 분석하고, 이러한 상업출판이 가능했던 배경과 그 의미를 모색하고자 한다.

2. 일본에서 출판된 조선통신사 관련 필담창화집의 양상과 분석

본고가 수집한 자료에 한정한다면, 조일문사의 필담창화집이 간본 형태로 출판된 것은 1636년 4차 사행의 것이 가장 이르다. 그 후 마지막 사행인 1811년까지 총 68종의 간본이 출판되었으며 시기 별로 간본의 증감이 현저하고, 발행처의 소재지도 변화한다. 본고에서는 조선통신사 관련 필담 창수집의 간본을 수집하여 발행처, 刊記를 조사하고 야지마 겐료(矢島玄亮)의 『德川時代出版者出版物集覽』에 따라 발행처의 주소를 추적하였다. 그리고 그 내용에 따라 몇 차 사행에 해당하는 것인지 분류하여 아래와 같은 표로 나타내었다.

1) 번호: 조선통신사 시기순으로 번호를 매겼다.
2) 書名: 조선통신사 관련 필담·창수집[3]
3) 都市: 발행처가 존재했던 도시를 표기하였다.
4) 발행처: 책 속표지나 마지막 장에 나타난 屋号·通称·名堂을 표기했다. 같은 지역에서 여러 명의 서점이 존재할 경우 교토는 k, 오사카는 o, 에도는 e, 나고야는 n으로 표시하여 구별하였다.(지점에 해당하는 出店이 표기되어 있는 경우는 표시해 주었다.)
5) 刊記: 책의 刊記를 표기했다. 만약 없는 경우 비고란에 序 혹은 跋의 일자를 표기하였다.
6) 국서총목록: 일본 국서총목록에 기재 유무를 표기하였다.

7) 저자·편집자(참여자) : 속표지에 編, 輯, 著를 표시하였다.
8) 비고: 간기가 없는 경우 序 혹은 跋의 일자를 표시하거나, 서책에 관한 부가 설명할 것이 있으면 기록하였다.

1) 1~7차 사행까지의 필담창화집의 출판

표(1) 1636년 4차 통신사

번호	書名	都市	발행처	刊記	국서총목록	저자·편집자 (참여자)	비고
01	朝鮮人筆語 1冊	?	?	1643 (寬永 20)	○	【著】靜觀子 宗允(和田 靜觀窩) 등	
02	朝鮮筆談集 1冊	京都	丁子屋 源兵衛	1682 (天和 2)	○	【著】石川丈山	

표(2) 1682년 7차 통신사

번호	書名	都市	발행처	刊記	국서총목록	저자·편집자 (참여자)	비고
01	和韓唱酬集 4卷(首1卷)7冊	京都	丁子屋 源兵衛	1683년 (天和 3)	○	【著】三宅元孝, 成琬 등	
02	桑韓筆語唱和集 1冊	?	?	?	○	【著】木下順庵, 瀧川昌樂(瀧川恕水) 등	天和2라고 기록되어 있음.
03	朝鮮人筆談并贈答詩 1冊	?	?	?	○	【著】木下順庵, 瀧川昌樂(瀧川恕水) 등	
04	東使紀事1冊	京都	丁子屋 源兵衛	1683년 (天和 3)	○	【著】巖城山人 清修館	

3 高橋昌彦의 「朝鮮通信使唱和集目錄稿(一)」, 「朝鮮通信使唱和集目錄稿(二)」의 목록을 바탕으로 하되 추가발견된 것도 기재하였다. (高橋昌彦, 「朝鮮通信使唱和集目錄稿(一)」, 『福岡大學研究部論集』A, 人文科學編 Vol.6 No.8, 福岡大學研究推進部, 2007. 「朝鮮通信使唱和集目錄稿(二)」, 『福岡大學研究部論集』A, 人文科學編 Vol.9 No.1, 福岡大學研究推進部, 2009)

위에서 설명한 것과 같이 필담창화집이 처음 출판된 것은 4차 통신사와의 필담창화이다. 4차 사행 때 간본이 등장할 수 있었던 결정적인 요인은 첫째, 당시 일본 자체 내에서 藤原惺窩 이후, 林羅山과 같은 걸출한 학자가 배출되는 등 일본에서 한문지식인층이 생성되는 시기였다는 점, 둘째, 시문에 재능이 있었던 이문학관 權侙의 등장이다.[4] 4차 사행 때 간행된 『朝鮮人筆語』의 저자인 和田靜觀窩[1602~1672]는 林羅山 문하의 사람이었고 『朝鮮筆談集』은 藤原惺窩에게 사사했던 石川丈山[1583~1672]과 權侙의 필담창화이다. 그 이후로 5, 6차 사행 때의 간본 필담창수집이 보이지 않다가 7차 사행 때 와서야 다시 간본이 등장한다.

1682년 7차 사행이 이전 사행과 비교해서 주목할 만한 차이는 '製述官'이라는 직책의 필요성을 제기한 사행이었다는 점이다. 이는 선행연구에서 지적된 바와 같이 한일 문사 교류가 점차 문화 교류 쪽으로 무게 중심을 옮겨가는 양상을 가시적으로 보여주는 변화이다.[5] 그러나 4차 이후 끊겼던 필담창화집의 간본이 7차 사행 때 다시 등장한 현상은 위와 같은 한일 문사 교류의 성격적 변화라는 내적 요인뿐만이 아니라 일본의 상업 출판 사정이라는 외적 요인과 밀접한 연관성을 지닌다.

---

4 구지현은 양국 교류가 시작된 17세기를 살펴보면 필담창화를 통한 교류에 두 가지 획기적인 사건을 규정했는데 첫 째, 일본 내 하야시 라잔을 중심으로 한 한문 담당층의 등장과 둘 째, 시문에 뛰어난 권칙의 등장으로 필담창화집이 비교적 이른 시기 출현할 수 있게 되었다고 지적하였다. (구지현, 「18세기 필담창화집의 양상과 교류 담당층의 변화」, 『2009 조선통신사 동계 학술심포지움 발표집-필담창화집에 반영된 한일문화교류』, 부산대 한국민족문화연구소, (사)조선통신사문화사업회, 2009, 33~49쪽)

5 이혜순, 『조선통신사의 문학』, 이화여자대학교 출판부, 1996, 37쪽 참조.

일본에서 출판한 곳을 공식적으로 명기한 곳은 「室町通近江町 本屋新七」로, 慶長14년(1609년) 10월 하순 『古文眞寶』10권 2책을 간행하였다.[6] 1600년대 초기는 교토에서 상업출판이 막 형성되고 있는 시점이었고 그 뒤 元祿期(1688년~1704년)에 들어서야 교토의 출판사업은 꽃을 피우게 된다.[7] 이는 곧 1차 사행(1607년)부터 6차 사행(1655년)까지 비록 한일 문사 사이에서 필담과 창수가 이루어졌다 하여도 곧장 간행까지 이루어질 만한 출판 시스템이 일본 자체 내에서 형성되지 못했음을 의미한다. 『朝鮮筆談集』의 경우, 비록 1636년 4차 사행 때의 필담집이나 그 간행이 天和1년(1682)에야 되었던 것도 이러한 일본 출판 사정과 무관하지 않을 것이다.

2) 8차 사행의 필담창화집의 출판

표(3) 1711년 8차 통신사

번호	書名	都市	발행처	刊記	국서 총목록	저자·편집자 (참여자)	비고
01	鷄林唱和集 16卷 16冊	京都 江戶	k1: 松栢堂 出雲寺和泉掾 k2: 奎文舘 瀨尾源兵衛 e: 唐本屋 淸兵衛	1711年 (正德 1)	○	【編】 瀨尾維賢	

6 長友千代治의 책, 13~14쪽 참조.

7 서태순, 「근세 한, 일 출판문화 고찰-소설의 유통과 발달과의 관계-」, 『일본어문학, Vol.1』, 한국일본어문학회, 1995, 167~199쪽.

02	問槎二種 5卷5冊 -a:問槎畸賞 -b:廣陵問槎錄	京都 江戶	k: 松柏堂 出雲寺和泉掾 e: 玉芝堂 唐本屋 清兵衛	?	○	a:【編】秋元喜內, 【校】吉田作兵衛 b:【錄】山田敬(山田 崎山), 味木立 軒 等 【校】藤田覺	야시마겐료의 玉芝堂 간행서적 목록에 존재함.
03	槎客通筒集 3卷3冊	京都	k1: 臨泉堂 k2: 文台屋 1) 次郎兵衛 2) 儀兵衛	1712年 (正德 2)	○	【著】祖冲, 趙泰億 등	
04	桑韓醫談 3卷2冊	京都	万屋喜兵衛	1713年 (正德 3)	○	【著】奇斗文, 北尾春圃	
05	兩東唱和錄 2卷2冊	大阪	【藏版】日新堂 o: 津郡本願堂	1711年 (正德 1)	○	【著】村上溪南, 奇斗文 등	야시마 겐료에 의하면 大井七郎兵衛 의 堂號가 日新堂였음.
06	兩東唱和後錄 1冊	大阪 江戶	o1: 村上淸三朗 o2: 植田伊兵衛	1712年 (正德 2)	○	【著】村上溪南, 奇斗文 등	
08	坐間筆語附江 關筆談 1冊 1冊	京都 江戶	群玉堂 八文字屋正兵衛 o2: 植田伊兵衛 e: 升屋 五郎右 衛門	1789년 (天明 9) (正德 2)	○	【著】新井白石	序1:1789년(天 明9)鈴木公溫 序2: 일자없음, 室鳩巢

1711년 8차 사행 때의 필담창화를 간행한 책은 총 9종으로 전 사행인 7차 때보다 증가하였고, 무엇보다 눈에 띄는 것은 『鷄林唱和集』과 『七家唱和集』과 같은 거질의 필담창화집이 등장한 것이다. 물론 7차 사행 때의 『和韓唱酬集』도 4卷7冊으로 꽤 많은 양이었지만 『鷄林唱和集』은 16卷16冊, 『七家唱和集』은 10卷10冊으로 거의 배에 해당한다.

또한 이 2종은 교토의 松栢堂 出雲寺和泉掾과 奎文舘 瀨尾源兵衛, 그리고 에도의 唐本屋 淸兵衛로 같은 발행처에서 간행되었다. 그리고 편집자로 기재된 瀨尾用拙齋는 奎文舘을 운영하고 있었고 瀨尾源兵衛는 대대로 물려받는 서점의 通稱이었다.

또한 奎文舘 瀨尾源兵衛는 瀨尾用拙齋[1691~1728]와 동일 인물로 『鷄林唱和集』의 편집자이자 권6에서 창화에 직접 참여한 인물이기도 하다.

元祿 15년에 간행된 『元祿大平記』 권6의 3 「書林の中で學者たづぬる」의 안에는 다음과 같은 기록이 있다.

> 교토의 72곳의 서점은 중고시대부터 높은 가문에 의한 것이다. 孔門七十二賢을 본떴는데 그 중 林, 村上, 野田, 山本, 八尾, 風月, 秋田, 上村, 中野, 武村은 十哲라고 일컬어지며 모두 세상에서 잘 알려진 뛰어난 인물들에 의한 서점이다.[8]

위 글에 따르면 교토에는 당시 중고시대부터 있었던 유서 깊은 서점이 72곳이 있었으며 그 중에서도 격이 높은 10곳의 서점이 존재했음을 알 수 있다. 위 예문에서 두꺼운 글자체로 표시된 것이 그 10개이다. 여기서 주목되는 것은 첫번째, '林'이다. 林은 林勘左衛門 또는 松栢堂이라고도 했는데 즉, 松栢堂 出雲寺和泉掾이다. 林羅山의 친척이라고 알려져 있으나 확인된 바 없으며 出雲寺의 家名은 創業 때의 지명에

---

8 長友千代治의 책, 14~15쪽 참조. 아래 예문도 이 책에서 재인용.
京都の本屋七十二軒は、中古より決まりたる歴々の書林。 孔門七十二賢にかたどり、其中に、林、村上、野田、山本、八尾、風月、秋田、上村、中野、武村、此十軒を十哲と名付けて、専ら世上に隠れなく、いづれもすぐれし人々なり。

근거했다고 한다. 교토의 今出川에서 개업했던 初代 元眞[?~1631]은 和泉掾의 官名을 받아 그 이후 대대로 이어 써왔다. 2대 째인 時元[?~1704] 때 에도 日本橋1丁目으로 출점(出店)하였고 그 후 御書物師로 임명되어 대대로 막부(幕府)를 위해 일하였다. 그래서 松栢堂의 위치는 교토일 수도, 에도일 수도 있으나 『鷄林唱和集』의 경우 京師書坊 松栢堂, 奎文舘으로 나란히 적혀 있어 그 위치가 교토임을 알 수 있다.

『七家唱和集』의 子書誌는 班荊集, 正德和韓集, 支機問談, 朝鮮客舘詩文稿, 桑韓唱酬集, 桑韓唱和集, 賓舘縞紵集으로 분류되어 있는데 이는 작가별로 구성되어 있는 것이다. 또한 『鷄林唱和集』과 그 내용이 거의 겹치지 않는데 『國書總目錄』에 和歌山大紀州藩 藏書의 『七家唱和集』의 경우 『鷄林唱和續集』으로 되어 있다. 이와 같이 12차까지의 조선통신사 관련 출판 필담창화집 중 이 거질의 2종이 보여주는 연관성은 이와 같은 거질을 출판 가능한 인프라, 즉 필담창화에 직접 참여 하고 편집까지 할 만큼 자료 수집이 가능했던 奎文舘 瀨尾源兵衛와 유서 깊은 서점으로 풍부한 출판 경험을 가졌던 松栢堂 出雲寺和泉掾의 합작에서 비롯된 것이다.

『兩東唱和錄』, 『兩東唱和後錄』, 『兩東唱和續錄』은 모두 오사카에서 이루어진 필담창화만 모았다는 점에서 공통점을 가진다. 그 중 『兩東唱和錄』의 경우 전 시대의 간본에서는 보이지 않았던 【藏版】日新堂이라는 표기가 보인다. 일단 이 곳은 速浪이라는 표기를 통해 오사카의 서점임을 알 수 있다. 그리고 야시마 겐료의 책에 의하면 日新堂이라는 堂號를 가진 출판자는 교토의 大井七郎兵衛이나 그의 출판 목록에 『兩東唱和錄』이 없어 확정하기는 힘들다. 일본에서의 상업 출판물은 보통 整板으로, 開板事業에는 큰 자본이 투입된다. 따라서 이익을 내는 책은 같은 板木을 이용해서 되도록 많이 찍어낼 필요가 있었으며, 이 板木은 빈번히 매매되었는데 이것을 板株라고 했고 전문적으로 거래하는 시장도 있었다.[9] 그래서 『兩東唱和錄』 上·下 속표지의 「浪速 日新堂藏版」이라는 표기는 첫째, 開板은 오사카의 A라는 서점에서 했으나 板木의 판권은 日新堂으로 옮겨졌다는 의미일 수도 있고 둘째, 日新堂에서 開板된 판목을 빌려서 오사카 津郁本願堂에서 간행했다는 의미일 수도 있다.[10] 그러나 『兩東唱和後錄』에서 柱記에 〈日新堂新刊〉이라고 되어 있는 것을 봐서 후자일 확률이 높다.

『坐間筆語附江關筆談』을 제외한 나머지 간본들은 8차 사행으로부터 1~2년 안에 간행된 것이다. 『坐間筆語附江關筆談』은 新井白石[1657~1725]과 趙泰億의 필담집으로[11] 서문을 쓴 室鳩巢[1658 1734]는 木下順庵에게 朱子學을 배웠고 후에 德川吉宗의 侍講이 되었다. 그가 新井白石과 동시대 사람임을 볼 때 이 필담창화가 당시 간행되었을 가능성이 있으나 현재 1789년 鈴木公溫의 序가 덧붙여 있는 간본

9 橋口侯之介의 책, 60쪽.

10 橋口侯之介의 책에 의하면 속표지에 나와 있는 발행처의 정보는 도시명(발행처가 존재하는)+소재지+발행처名 순서로 표기되어 있다고 한다. 이때 『兩東唱和錄』 上·下 속표지의 「浪速 日新堂藏版」의 경우 발행처가 오사카에 있고 板木의 소유권은 日新堂에 있다는 의미가 된다(발행처名은 생략되어 있다).

11 아라이 하쿠세키와 조태억의 필담창화집에 대해서는 이일재와 정응수의 논문을 참조하였다. (이일재, 「「江關筆談」에 대한 일고찰」, 『아시아문화 제19호』, 한림대학교 아시아문화연구소, 2003, 정응수, 「18세기 동아시아 주변 문화권의 문화적 자각과 중화사상의 쇠퇴-「강관필담」과 「혹정필담」을 중심으로」, 『일본문화학보 日本文化學報 第 3輯』, 한국일본문화학회, 1996.)

만이 남아 있다.

3) 9차 사행의 필담창화집의 출판

표(4) 1719년 9차 통신사

번호	書名	都市	발행처	刊記	국서총목록	저자·편집자(참여자)	비고
02	蓬島遺珠 2巻1冊 2巻2冊	京都	安田万助	1720年 (享保 5) (享保 4)	○	【著】朝比奈文淵(朝比奈玄洲), 申維翰 등	가 없음.

에도시대의 교토는 옛 수도로서 인구 면에서나 문화적 수준면에서나 다른 지역에 비해 유리한 조건을 가지고 있었기 때문에 도시 문화 발달과 함께 상업출판이 일찍 발달할 수 있었다.[12] 교토에서 시작된 상업출판은 에도나 오사카에도 파급되어 貞享期(1684~1688)무렵에 출판이 시작되었으나 에도나 오사카의 서점 대부분은 교토의 出店으로 물건을 받아 파는 정도에 그쳤고 좀 더 시간이 지난 뒤에야 독자적인 開板이 가능할 만큼 성장할 수 있었다.[13] 그래서 초기 발전 속도 면에서 오사카가 교토와의 지리적 근접성, 西鶴의 浮世草子의 성공으로 에도보다 한 발 앞서 상업 출판 발달이 진행되었다.

본고의 표 (1)~(4)를 따르면 1711년 8차 사행에 이르러서야 교토 외의 지역인 오사카와 에도를 소재지로 하는 발행처가 등장한다. 그러나

12 橋口侯之介의 책, 13쪽 參조.

13 橋口侯之介, 『和本入門』, 平凡社, 2007, 60~61쪽 참조.

발행처 소재지가 3지역 모두 수적으로 고르게 나타나는 것은 아니다. 8차 사행 필담창화집 9종 중, 교토가 6종, 오사카가 3종인데 교토의 6종 중 3종이, 오사카의 3종 중 2종[14]이 그 뒤에 에도의 서점을 함께 표기하고 있다. 그 중 특히 『兩東唱和錄』시리즈는 오사카에서 이루어진 필담창화 기록 모음집이기 때문에 오사카의 출판자가 수집, 開板을 주도했음은 분명하며 교토는 3종을, 오사카는 1종을 독자적으로 간행하고 있다. 그 반면 에도 서점의 독자적 간행은 보이지 않으며 또한 1719년 9차 사행 필담창화집에서도 전체 10종 중 발행처가 교토 7종, 오사카 2종, 미상 1종으로 에도의 것은 보이지 않는다.

9차 사행 때 간행된 필담창화집도 9차 사행이 이루어진 1719년 이후 1~2년 사이에 모두 간행되었다. 8차 사행 때의 16권 16책짜리 『鷄林唱和集』보다는 못하나 9차 사행 때에는 『桑韓唱和塤篪集』이 11卷11冊으로 비교적 거질에 속하는데 이 역시 『鷄林唱和集』과 『七家唱和集』을 간행했던 奎文館 瀨尾用拙齋에 의해 출판되었다. 1691년생인 그는 나이 21세에 『鷄林唱和集』과 『七家唱和集』을, 29세에 『桑韓唱和塤篪集』을 간행한 것으로 조선통신사 필담창화집 중 최대의 거질 3종이 모두 그와 연관되어 기획·출판되었던 것이다. 그는 1728년 38세의 나이로 사망했기 때문에 1748년 10차 사행의 필담창화집부터는 그의 이름이 더 이상 발견되지 않으며[15] 또한 위 3종 이상의 거질은 더 이상 간행되

14 『兩東唱和錄』, 『兩東唱和後錄』, 『兩東唱和續錄』 중 2종을 에도의 출판자와 함께 공동으로 하였으나 『兩東唱和錄』시리즈는 오사카 필담창화집이기 때문에 오사카의 출판자가 수집, 開板을 주도했음은 분명하다.

15 1728년 이후, 『善隣風雅』나 『和韓雙鳴集』의 발행처가 奎文館 瀨尾源兵衛인 것은 瀨尾用拙齋의 서점의 통칭이므로 그의 뒤를 이은 출판자가 奎文館 瀨尾源兵衛라는 이름

지 못하였다.

4) 10차 사행의 필담창화집의 출판

표(5) 1748년 10차 통신사

번호	書名	都市	발행처	刊記	국서 총목록	저자·편집자 (참여자)	비고
01	對麗筆語 1冊	江戶	江戶御書房 出雲寺和泉掾纏 松栢堂	1720年 (享保 5)	○	【著】 前田道伯	
02	桑韓醫問答	江戶	須(寸)原茂兵衛	?	○	【著】 河村春恒, 趙崇壽	寬延元 跋
03	桑韓鏘鏗錄 3卷	京都	【藏版】 廣文堂 圓屋淸兵衛	1748年 (寬延 1)	○	【著】 度會末濟, 朴敬行 등	
05	善隣風雅後篇 2卷2冊 2卷2冊	京都	弘書軒 文台屋多兵衛 瀨尾源兵衛	1748年 (寬延 1) (延享 5)	○	【編】 小徒周省	

10차 사행의 필담창화집은 18종으로 9차 사행이 10종이었던 것에 비해 약 2배 가량 증가하였다. 무엇보다 눈에 띄는 것은 발행처의 소재가 에도인 간본이 9종이나 되고 그 중 6종은 에도 서점에 의해 간행이 이루어졌다는 점이다. 물론 그 중 2종은 교토의 出店인 에도의 松栢堂 出雲寺和泉掾에 의한 것이긴 하지만 9차 사행 때까지 에도 서점에 의한 간행이 발견되지 않았고 심지어 9차 사행 필담창화집 중에서는 出店이라도 에도의 서점을 표기한 간본이 보이지 않았던 것에 비한다면

을 걸고 계속 영업을 하는 것이다.

29년 만의 10차 사행 필담창화집의 간행 양상에서 9차 사행과 10차 사행 사이에 진행된 에도의 출판 사업의 비약적 발전을 엿 볼 수 있다.

10차 사행 필담창화집을 간행한 에도의 서점 중 명성이 높았던 것은 須(寸)原茂兵衛와 松栢堂 出雲寺和泉掾이다. 전자는 日本橋南1丁目에, 후자는 日本橋1丁目에 위치하고 있었다. 須(寸)原茂兵衛의 茂兵衛家는 에도에서 書肆를 했던 須原屋一門의 總本家로 '茂兵衛'가 대대로 이어 쓰는 통칭이었다. 교토출신의 유력 서점의 세력과 경쟁하는 한편 대개 교토의 서점이 에도로 出店 내는 것과는 반대로 교토에 出店하는 등 사업을 확장시켜 宝暦期[1751~1764]에는 에도 최대의 서점이 된다.

松栢堂은 본래 교토의 今出川에 있던 서점이었지만 2대 째인 時元이 에도로 출점한 이후 松栢堂의 이름을 가진 서점은 교토와 에도에 각각 존재하게 되었다. 8차 사행 때의 『鷄林唱和集』, 『問槎二種』, 『七家唱和集』의 간행에 참여한 서점 중 하나인 松栢堂은 교토의 서점이나 에도로 出店하여 막부로부터 御書物師로 임명된 뒤 武鑑을 간행하였다. 10차 사행 때 필담창화집인 『對麗筆語』, 『林家韓館贈答』의 경우 발행처가 松栢堂으로 표기 되어 있고 그 위에 江戶御書房이라는 칭호가 덧붙여 있어 그 발행처가 교토의 松栢堂이 아니라 에도의 松栢堂임을 확인할 수 있다.

『桑韓畵會彪集』의 경우 高橋昌彦의 「朝鮮通信使唱和集目錄稿(二)」에는 1764년 사행에 포함되어 있다. 하지만 大岡春卜[1680~1763]이 조선통신사의 화원 李聖麟과 오사카에서 만나 畵會를 가졌는데 大岡春卜은 野馬, 山水, 梅, 蘆雁圖 등을, 성린은 梅月, 福祿壽圖 등을 즉흥적으로 그려 서로의 그림을 교환하고 간직하기를 맹세했었다. 이때의 기념으로 漢詩, 和歌, 俳諧 등을 모아 한 책으로 엮은 것인데 이는 분명 1748년 10차 사행에 해당하는 것임으로 본고에서는 바로 잡고자 한다.

5) 11차 사행의 필담창화집의 출판

표(6) 1764년 11차 통신사

번호	書名	都市	발행처	刊記	국서총목록	저자·편집자(참여자)	비고
01	鷄壇嚶鳴 1冊	京都 大阪 江戶	k:錢屋善兵衛 o1:西田屋理兵衛 o2:河內善兵衛 e:須原茂兵衛	?	○	【著】北山橘庵	明和1序
02	講餘獨覽 1冊	京都	文泉堂 林權兵衛, 同出店: 林正介	1764 (明和1)	○	【著】南宮岳 (南宮大湫)	
03	東渡筆談 1冊	江戶	淺草御堂前 辻村五兵衛	1764 (宝暦14)	○	【著】因靜, 南玉 등	
04	東槎餘談	?	?	?	○	【編】宮瀨維翰 (宮瀨龍門)	국서총목록엔 필사본 뿐 임
05	東游篇 1冊	京都	風月庄左衛門	1764 (明和1)	○	【著】那波師曾 (那波魯堂)	
06	問槎餘響 2卷2冊	京都	k1: 文泉堂 林權兵衛 同出店: 林正介	1764 (明和1)	○	【編】伊藤維典	
07	和韓雙鳴集 6卷5冊	京都	k1: 奎文舘 瀨尾源兵衛 k2: 廣文堂 高橋淸兵衛	1765 (明和2)	○	【著】大江資衡 (大江玄圃)	이 안에 問佩集이 존재함.

08	問佩集 1冊	?	?	?	○	【著】久川資衡 (大江玄圃) 등	明和 1序 국서총목록에는 필사본뿐임.
09	賓館唱和集 1冊	京都	橘屋 治兵衛	1764 (宝暦14)	○	【編】平俊卿	
10	三世唱和 1冊	京都 名古屋	k: 八木治兵衛 n: 津田久兵衛	1764 (宝暦14)	○	【著】松平君山	
11	桑韓筆語 1冊	江戶	【藏版】尙古堂 西村 源六	1764 (宝暦14)	○	【著】山田圖南	
12	殊服同調集 1冊	京都 名古屋	k: 八木次兵衛 n: 津田久兵衛	1764 (宝暦14)	○	【編】林文翼	
14	兩好餘話 2卷2冊 2卷2冊	京都 大阪	k:錢屋善兵衛 o1:本屋又兵衛 o2:西田理兵衛 辻村五兵衛 e2:越後屋 藤兵衛	1764 (明和1) (明和1)	○	【著】奥田元継 (奥田尙齋)	

11차 사행 때는 총 23종의 필담창화집이 출판된다. 이것은 12차에 걸친 사행 동안 가장 많은 양이다. 11차 사행 필담창화집의 발행처를 교토, 오사카, 에도 즉, 三都에 한해서 살펴보면 13종의 책이 교토 소재의 발행처가, 5종의 책이 오사카 소재의 발행처가, 5종이 에도 소재의 발행처가 간행에 참여하고 있다. 그리고 4종은 발행처 未詳이다. 그런데 11차 사행 필담창화집의 출판 양상에서 두드러지는 특징은 三都 외의 지역에서 발행처가 등장했다는 것이다. 『表海英華』, 『和韓醫談』, 『三世唱和』, 『殊服同調集』 4종에서 비록 교토와 공동이나 발행처가 나고야인 것이 보이고 『長門癸甲問槎』 1종은 長門의 明倫館의 藏板에 의한 것이다.

에도시대의 발행처·서점을 조사한 나카시마 나오코(中島直子)의 「江戸時代の出版文化と都市」에 따르면 에도시대에 약 153지역에 발행처가 존재했었고 그 중 교토에 1449곳, 에도에 1039곳, 오사카에 743곳의 발행처가 있었으며 나고야는 72곳으로 三都 이외의 지역에서 가장 많은 수의 발행처가 존재하였다. 11차 사행 필담창화집 간행에 참여한 나고야의 서점은 津田久兵衛, 風月堂孫介, 菱屋利兵衛, 菱屋久兵衛 총 4곳이고 津田久兵衛가 3종, 風月堂孫介, 菱屋利兵衛, 菱屋久兵衛가 각각 1종씩이다. 그 중 風月堂이 나고야의 最古 서점으로서 貞享期[1684~1688]에 개점하였다. 그 뒤 三都보다는 그 시기가 늦지만 나고야의 도시발달과 더불어 서점은 점차 증가하였다.[16] 『河梁雅契』의 경우 비록 발행처를 알 수 없으나 나고야의 서점이 관여한 『表海英華』, 『和韓醫談』, 『三世唱和』, 『殊服同調集』 4종이 모두 나고야 文士들에 의한 필담창화집였음을 보았을 때, 나고야의 人磯谷滄洲가 學士 南玉, 正使書記 成大中과 시문을 창수 한 기록을 모은 『河梁雅契』도 나고야의 서점이 교토의 서점과 함께 간행했으리라 추정된다.

赤間關은 사행단이 일본 本州로 가는 길목에 해당하는데 이곳은 長門州의 관할이다. 明倫館은 바로 長門州의 萩藩의 藩校인데 1719년에 설립되어 朱子學, 徂徠學의 두 파가 관여하였다. 그 전에는 문재를 지닌 유관 한 명이 번주의 명을 받아 단독으로 만나거나 일반문사처럼 개별적으로 접견했다면 明倫館이 설립된 이후로는 赤間關에서 유관 및 明倫館의 생도들이 단체로 사행단을 맞이하였다.[17] 萩藩 유관들이

16 長友千代治의 책, 54~55쪽.

17 조선통신사와 접촉한 萩藩의 문사들과 그들에 의한 필담창화의 시대적 양상의 변화에

참여한 필담창화집 중 간본으로 존재하는 것은 1719년 『兩關唱和集』, 1748년 『長門戊辰問槎』, 1763년 『長門癸甲問槎』이다. 『兩關唱和集』과 『長門戊辰問槎』는 長門州에 해당하는 赤間關과 上關에서 萩藩의 유관들에 의해 이루어진 필담창화집임에도 불구하고 전자는 교토의 서점에서, 후자는 오사카와 에도의 서점에서 간행되었다. 하지만 11차 사행에 해당하는 『長門癸甲問槎』의 경우 앞에 것들과는 달리 三都의 서점의 도움 없이 明倫館에 의해 開板되어 간행되었다.

마지막으로 9차 사행 이후 거질의 필담창화집이 보이지 않다가 11차 사행 때 『和韓雙鳴集』이 6卷5冊으로 다른 간본에 비해 비교적 거질의 필담창화집으로 간행되었다. 이는 9차 사행 때까지 이미 거질의 『鷄林唱和集』, 『七家唱和集』, 『桑韓唱和塤篪集』을 간행한 경험이 있는 瀨尾用拙齋의 출판업의 뒤를 이은 奎文舘에 의해서 등장한 것이었다.

6) 12차 사행의 필담창화집의 출판

표(7) 1811년 12차 통신사

번호	書名	都市	발행처	刊記	국서 총목록	저자·편집자 (참여자)	비고
01	鷄林情盟 1冊	京都 大阪 江戶	k1:林 權兵衛 k2: 吉田 四郎右衛門 k3: 出雲寺 文二郎 o:河內屋 喜兵衛 e:松本 平助	1812 (文化 9)	○	【著】三宅橘, 李太華 等 【編】川越有邦 等	

대해서는 구지현, 「필담을 통한 한일 문사 교류의 전개 양상 : 적간관을 중심으로」 『동방학지』, 제138집, 연세대학교출판부, 2007에서 자세히 다루고 있다.

마지막이 되었던 12차 사행은 일본 측에서 500명 내외의 사행단을 접대하기 힘들다고 하여 이를 간소화하기 위해 에도까지 가지 않고 津島에서 교빙하자는 易地聘禮가 적용된 사행이었다. 그래서 한일 문사 간의 수창은 제한적일 수밖에 없었고 결국 단 2종의 필담창화집만이 간행되는 데 그쳤다. 전 시대에 23종의 필담창화집이 출판된 것에 비해 급속도로 감소한 양상을 보여준다.

3. 필담창화집의 출판 양상에 대해

표(1)~표(7)를 바탕으로 사행시기별 출판된 필담창화집 수와 그것들이 간행된 발행처 소재지를 밝히면 다음과 같다.

표(8)[18]

	使行時期	種數	本屋所在地 京都	本屋所在地 大阪	本屋所在地 江戸	本屋所在地 名古屋	本屋所在地其他	本屋所在地未詳
1	4차 사행	2종	1					0
2	7차 사행	4종	2					2
3	8차 사행	9종	6(3)	3(2)	5(5)			0
4	9차 사행	10종	7(7)	2(2)				1
5	10차 사행	18종	6(2)	6(2)	9(3)			1
6	11차 사행	23종	13(8)	5(3)	5(2)	4(4)	1	3
7	12차 사행	2종	1(1)	1(1)	1(1)			1
	합계	68종	36(21)	17(10)	20(11)	4(4)	1	8

18 표 8 안의 ( )은 다른 서점과 공동으로 한 경우를 표시하였다.

조선통신사 관련 필담창화집의 출판은 4차 사행 때 처음 등장한 뒤로 5, 6차 사행 때의 것은 찾을 수 없고, 7차 사행 때 다시 등장한다. 그 후 마지막 사행이었던 12차 사행까지 조선통신사 관련 필담창화집은 꾸준히 간행되었다. 4차 사행과 8차 사행까지 그 발행처는 교토에 한정되어 있었으나 8차 사행 때부터 에도 소재의 발행처·서점이 등장하기 시작했다. 이러한 양상은 교토에서 시작된 상업 출판이 점차 다른 지역, 특히 수도로서 인적, 물적 자원이 풍부했던 에도로 확장되는 배경과 유관하다. 그 뒤 에도 소재의 서점은 10차 사행 때 이르러 총 18종 중 9종에 간행·참여 했으며 이 수치는 다른 지역 즉, 교토, 오사카보다도 많은 것이다. 이 뿐만이 아니라 9종 중 6종이 에도 서점에 의해 단독 간행되었다. 10차 사행 관련 조선통신사 필담창화집 간행에 있어 에도 소재 서점의 활약은 당시 에도에서 필담창화집을 간행한 須(寸)原茂兵衛와 松栢堂 出雲寺和泉掾의 경우, 전자는 처음부터 출판업을 에도에서 시작한 서점이었고, 후자는 처음엔 교토의 出店에 불과하였다. 그러나 그 뒤 松栢堂 出雲寺和泉掾은 에도에서 출판 사업을 추진하여 須(寸)原茂兵衛와 함께 막부의 御書物師로 임명되어 큰 규모의 서적 간행을 주도할 만큼 성장하였다. 앞의 예와 같이 에도의 출판 사업은 막부의 비호를 받으며 급속도로 발전하였고 에도 시대 후기에 들어서면 교토를 앞서게 된다. 즉 10차 사행 필담창화집 중 에도 서점에 의한 단독 출판 6종은 이러한 에도의 상업 출판의 발전 과정 속에 놓여 있는 것이다.

11차 사행 관련 필담창화집 간행 양상에서 전 시기와 구별되는 특징이 나타나는데 첫째, 12차례의 사행 중 가장 많은 서적이 발간되었다는 점, 둘째, 간행에 참여한 서점의 소재지가 교토, 오사카, 에도 三都에 한정되지 않고 名古屋, 長門까지 확대되었다는 점이다.

11차 사행은 12차 사행이 역지빙례로 대마도에 그쳤기 때문에 사실상 에도까지 간 마지막 사행이기도 했다. 그래서 앞 서 수차례에 거친 사행 경험은 11차 사행 때 활발히 일본 문사들과 교류할 수 있는 경험적 토대가 되었고 또한 당시 일본은 藤原惺窩에서 시작된 朱子學派뿐만 아니라 古學派, 이에 반발하는 反徂來派까지 다양한 학파가 일본 학계를 풍미할 정도로 한문학 수준이 성숙된 시기였다. 그래서 일본에서 뿐만이 아니라 조선에서 역시 전례와 비교해서 가장 많은 9종[19]의 사행록이 나올 수 있었다. 하지만 11차 사행시기 양국에서 나온 기록의 중요성은 수적으로 많은 것뿐만이 아니라 다양한 작가층이 나타난다는 공통점도 간과할 수 없다. 먼저 조선의 사행록의 경우, 작자 군에 정사 조엄과 三書記인 성대중, 원중거, 김인겸뿐만이 아니라 전례의 사행록 작자 계층으로는 드물었던 역관, 군관, 선장[20]도 새롭게 편입되었다. 일본의 필담창화집의 경우, 참여자들이 전례에 따르면 대부분 막부 관련 학자들에 한정되었던 것에 반해 11차 사행의 경우 의원, 무관, 상인 등의 다양한 계층으로 확대되었다.[21] 이는 사행록의 경우, 조

19 정사 조엄의 『海槎日記』, 역관 오대령의 『溟槎錄』, 군관 민혜수의 『槎錄』, 제술관 남옥의 『日觀記』, 서기 원중거의 『乘槎錄』과 『和國志』, 서기 성대중의 『일본록』, 작자 미상의 『계미수사록』 김인겸이 쓴 국문가사 『일동장유가』.

20 구지현은 『계미수사록』의 작자를 선장이었던 변탁으로 추정하고 있다. (구지현, 「『계미수사록』에 대한 재검토 : 작가와 사행록으로서의 의미를 중심으로」 『동방학지 제131집』, 연세대학교출판부, 2005, 267~273쪽)

21 구지현은 11차 사행에 관련된 필담창화 양상을 1) 개인의 필담창화 능력의 향상과 2) 작가층의 직업이 의원, 무관, 상인 등 다양해졌다는 것, 3) 수준 높은 시를 요구하는 인물

선 문사들이 공적 목적과 더불어 사적으로 기록을 남김으로써 그들의 일본에 대한 태도 변화를 보여주고 있다면, 일본의 필담창화집의 경우, 즉 독자가 소수의 학자들에 한정되지 않고 의원, 무관, 상인 등의 다양한 사회계층까지 확대되었음을 보여준다.

11차 사행 관련 필담창화집 간행에 참여한 서점의 소재지는 교토, 오사카, 에도 三都에 한정되지 않고 名古屋, 長門까지 확대되었다. 오사카 本願寺에서 필담창화한 기록인 『兩東唱和錄』, 『和韓唱和』, 『韓槎塤篪集』, 『和韓文會』 등은 모두 오사카의 서점을 통해 간행되었고 나고야의 文士들이 필담창화에 참여한 뒤 편집한 기록물인 『表海英華』, 『和韓醫談』, 『三世唱和』, 『殊服同調集』은 모두 나고야의 서점이 관여하여 간행하였다. 赤間關에서 萩藩의 유관 혹은 明倫舘 관련 인물들에 의한 『長門癸甲問槎』 역시 明倫舘에서 직접 출판하였다. 간처가 교토, 에도인 경우, 특정 지역에서의, 특정 지역 문사들의 필담창화를 편집하기 보다는 필담 창화된 장소와 문사들의 출신을 불문하고 수집·편집하였다. 반면 발행처나 혹은 공동 발행처가 오사카, 나고야, 나가토인 경우, 각각 그 지역에서, 혹은 그 지역 문사가 참여하여 조선통신사와 필담창화한 것에 한정된다. 즉 교토와 에도의 서점의

군의 등장, 4) 필담 내용의 속화되는 경향을 들었다. 즉, 11차 사행에 이르러서 '일본문사'로 불릴 수 있는 계층의 저변이 확대되었으며 그들은 조선통신사에게 성숙된 문학적 성과물을 원하였고 심지어 필담으로 문학활동이 아니라 의사소통의 목적으로만 이용하는 수준에까지 도달한 것으로 평가하고 있다. (구지현, 「18세기 필담창화집의 양상과 교류 담당층의 변화」, 『2009 조선통신사 동계 학술심포지움 발표집-필담창화집에 반영된 한일문화교류』, 부산대 한국민족문화연구소, (사)조선통신사문화사업회, 2009.12.11, 29~33쪽)

경우, 전국적으로 이루어진 조선통신사에 의한 필담창화라는 콘텐츠를 고루 수집하여 출판 가능할 정도의 역량을 갖추고 있었다면, 오사카와 나고야, 그리고 나가토의 서점의 경우 위 두 지역만큼 그 출판 사업 규모가 크지 못했음을 살펴볼 수 있다.

4. 결론

사행단 중엔 마상재의 재인이나 악공 등이 포함되어 있었기 때문에 정치적 사절단인 동시에 적어도 상인 이하의 일본인들에게는 볼거리에 가까웠다. 그리고 일본 한문지식계층에게 있어서는 조선통신사와의 필담과 창수를 통해 문학적 지식을 교환, 경쟁하는 대상이 되었다. 그래서 조선통신사의 일본행은 정치적 의미보다도 문화적 의미가 더 빛을 발한다. 조선통신사로 인하여 발생된 혹은 촉진된 일본 내에서의 조선취미는 여러 형태로 나타나지만, 본고는 그 중에서 일본에서 출판된 조선통신사 관련 필담창화집을 대상으로 하였다. 필사본의 경우 서적을 접할 수용자가 극히 한정되나 상업 출판된 서적은 그 수용자층이 상당수 존재함을 의미하며, 그것은 그 사회의 하나의 문화적 현상을 드러내는 객관적 지표가 될 수 있기 때문이다.

조선통신사 관련 필담창화집은 거의 대부분이 사행이 있은 지 1, 2년 안에 출판되었기 때문에 시기별로 그 양상을 살펴볼 수 있었다. 처음에는 문화적, 경제적 기반이 다른 지역보다 우월했던 교토에서 출판 사업이 시작되었기 때문에 초기 간본 필담창화집 역시 교토에서 처음 출판되었다. 하지만 점차 일본의 출판 사업이 지역적으로 확대되면서 교토 외에도 오사카, 에도, 나고야, 나가토 등 다양한 지역에서도 필담창화집이 출판되었다. 그러나 지역별 도시 발달 규모는 상이하였기 때문에 출판 양상에도 차이가 생겼는데 교토나 에도와 같이 대도시의 서점은 전국에서 이루어진 조선통신사와의 필담 창수를 종합적으로 수집하여 출판할 만큼 그 사업 인프라가 큰 규모였음에 반해 그 외의 지역은 그 지역에서 이루어진 필담창수만을 수집하여 출판하거나(오사카, 나가토) 또는 교토나 에도의 서점과 공동으로 겨우 출판할 정도(나고야)였다. 이는 그 출판 성격은 지역적으로 차이가 있을지언정 적어도 에도, 교토, 오사카와 같은 대도시는 물론이고 나고야, 나가토 등의 지역에서도 상품으로 생산할 정도로 조선통신사 관련 서적의 향유층이 존재하였음을 알 수 있다.

에도 시대 내 조선에 대한 관심은 여러 가지 방법으로 조망될 수 있을 것이다. 그러나 조선에 대한 몇 개의 기록만으로는 한 개인의 혹은 일정한 그룹들의 수용방식과 문학적 의미를 살펴 볼 수 있을 뿐이다. 그것으로 일본 내 다수를 차지하는 조선 문화의 향유층의 구체적인 모습을 조망할 수 있는 것은 아니다. 본고는 이러한 문제의식 속에서 출발하였으며 향후 일본에서 간행된 필담창화집의 개별적 논의를 진행하는 데 있어 기초적 자료로서 그 의미를 가질 수 있길 기대한다.

참고문헌

1. 저서 및 논문

이노구치 아쓰시(심경호·한예원 역), 『일본한문학사』, 소명출판, 2000.

이혜순, 『조선통신사의 문학』, 이화여자대학교 출판부, 1996.
다카하시 히로미, 「통신사・북학파・켄카도(蒹葭堂)」 『조선통신사연구』 제4호, 2007.
구지현, 『계미 통신사 사행문학 연구』, 2006, 보고사.
구지현, 「필담을 통한 한일 문사 교류의 전개 양상 : 적간관을 중심으로」 『동방학지』 제138집, 연세대학교출판부.
구지현, 「『계미수사록』에 대한 재검토 :작가와 사행록으로서의 의미를 중심으로」 『동방학지』 제131집, 연세대학교출판부, 2005.
구지현, 「18세기 필담창화집의 양상과 교류 담당층의 변화」, 『2009 조선통신사 동계 학술심포지움 발표집-필담창화집에 반영된 한일문화교류』, 부산대 한국민족문화연구소, (사)조선통신사문화사업회, 2009.
황소연, 「오사카의 출판문화전개와 사이카쿠(西鶴)-1686년을 중심으로-」, 『일본어문학』 Vol.9, 한국일본어문학회, 2000.
서태순, 「근세 한・일 출판문화 고찰-소설의 유통과 발달과의 관계-」 『일본어문학』 Vol.1, 한국일본어문학회, 1995.

橋口侯之介, 『和本入門』, 平凡社, 2007.
長友千代治, 『江戸時代の図書流通』, 思文閣出版, 2005.
矢島玄亮, 『徳川時代出版者出版物集覽』, 万葉堂書店, 1976.
矢島玄亮, 『徳川時代出版者出版物集覽 續編』, 万葉堂書店, 1976.
高橋昌彦, 「朝鮮通信使唱和集目録稿(一)」, 『福岡大學研究部論集』 A, 人文科學編 Vol.6 No.8, 福岡大學研究推進部, 2007.
高橋昌彦, 「朝鮮通信使唱和集目録稿(二)」, 『福岡大學研究部論集』 A, 人文科學編 Vol.9 No.1, 福岡大學研究推進部, 2009.
中島直子, 「江戸時代の出版文化と都市」, 『お茶の水地理』 21, お茶の水女子大學地理學教室, 1980.

조선후기 통신사 필담창화집 번역총서를 간행하면서

20세기 초까지 한자(漢字)는 동아시아 사회의 공동문자였다. 국경의 벽이 높아서 사신 외에는 국제적인 교류가 불가능했지만, 문자를 통한 교류는 활발했다. 중국에서 간행된 한문 전적이 이천년 동안 계속 한국과 일본을 비롯한 주변 나라에 전파되었으며, 사신의 수행원들은 상대방 나라의 말을 못해도 상대방 문인들에게 한시(漢詩)를 창화(唱和)하여 감정을 전달하거나 필담(筆談)을 하며 의사를 소통했다.

동아시아 삼국이 얽혀 싸웠던 임진왜란이 7년 만에 끝난 뒤, 조선에 군대를 파견하였던 중국과 일본은 각기 왕조와 정권이 바뀌었다. 중국에는 이민족인 청나라가 건국되고 일본에는 도쿠가와 막부가 세워졌다. 조선과 일본은 강화회담이 결실을 맺어 포로도 쇄환하고 장군이 계승할 때마다 통신사를 파견하여 외교를 회복했지만, 청나라와에도 막부는 끝내 외교를 회복하지 못하고 단절상태가 계속되었다. 일본은 조선을 통해서 대륙문화를 받아들일 수밖에 없었고, 그 방법 중 하나가 바로 통신사를 초청 때에 시인, 화가, 의원 등의 각 분야 전문가를 초청하는 것이었다.

오백 명 규모의 문화사절단 통신사

연암 박지원은 천재시인 이언진(李彥瑱, 1740~1766)이 11차 통신사 수행원으로 일본에 다녀온 지 2년 만에 세상을 뜨자, 이를 애석히 여겨 「우상전」을 지었다. 그 첫머리에 일본이 조선에 다양한 전문가들로 구성된 문화사절단을 파견해 달라고 요청한 사연이 실려 있다.

> 일본의 관백(關白)이 새로 정권을 잡자, 그는 저축을 늘리고 건물을 수리했으며, 선박을 손질하고 속국의 여러 섬들을 깎아서 자기 소유로 만들었다. 그 밖에도 기재(奇才)·검객(劍客)·궤기(詭技)·음교(淫巧)·서화(書畫)·문학 같은 여러 분야의 인물들을 서울로 모아들여 훈련시키고 계획을 갖추었다. 그런 지 몇 달 뒤에야 우리나라에 사신을 파견해 달라고 요청하였는데, 마치 상국(上國)의 조명(詔命)을 기다리는 것처럼 공손하였다.
>
> 그러자 우리 조정에서는 문신 가운데 3품 이하를 골라 뽑아서 삼사(三使)를 갖추어 보냈다. 이들을 수행하는 사람들도 모두 말 잘하고 많이 아는 자들이었다. 천문·지리·산수·점술·의술·관상·무력으로부터 퉁소 잘 부는 사람, 술 잘 마시는 사람, 장기나 바둑 잘 두는 사람, 말을 잘 타거나 활을 잘 쏘는 사람에 이르기까지, 한 가지 기술로 나라 안에서 이름난 사람들은 모두 함께 따라가게 되었다. 그런데 이들 가운데서도 문장과 서화를 가장 중요하게 여기지 않을 수가 없었다. 왜냐하면 그들은 조선 사람의 작품 가운데 한 글자만 얻어도 양식을 싸지 않고 천리 길을 갈 수 있기 때문이었다.

도쿠가와 이에하루(德川家治)가 쇼군을 계승하자 일본 각 분야의 대표적인 인물들을 에도로 불러들여 조선 사절단 맞을 준비를 시킨 뒤,

"마치 상국의 조서를 기다리는 것처럼 공손하게" 조선에 통신사를 요청하였다. 중국과 공식적인 외교가 단절되었으므로, 대륙문화를 받아들이기 위해 조선을 상국같이 모신 것이다. 사무라이 국가 일본에는 과거제도가 없기 때문에 한문학을 직업삼아 평생 파고든 지식인들이 적어서, 일본인들은 조선 문인의 문장과 서화를 보물같이 여겼다.

조선에서도 국위를 선양하기 위해 여러 분야의 문화 전문가들을 선발하여 파견했는데, 『계림창화집(鷄林唱和集)』이 출판된 8차 통신사(1711년) 때에는 500명을 파견했다. 당시 쓰시마에서 에도까지 왕복하는 동안 일본인들이 숙소마다 찾아와 필담을 나누거나 한시를 주고받았는데, 필담집이나 창화집은 곧바로 출판되어 널리 읽혔다. 필담창화에 참여한 일본 지식인은 대륙의 새로운 지식을 얻었을 뿐만 아니라, 일본 사회에서 전문가로서의 위상도 획득하였다.

8차 통신사 때에 출판된 필담 창화집은 현재 9종이 확인되었으며, 필담 창화에 참여한 일본 문인은 250여 명이나 된다. 이는 7차까지 출판된 필담 창화집을 모두 합한 것보다 훨씬 많은 수인데, 통신사 파견이 100년 가까이 되자 일본에서도 한문학 지식인 계층이 두터워졌음을 알 수 있다. 8차 통신사에 참여한 일행 가운데 2명은 기행문을 남겼는데, 부사 임수간(任守幹)이 기록한 『동사록(東槎錄)』이나 역관 김현문(金顯門)이 기록한 또 하나의 『동사록』이 조선에 돌아와 남에게 보여주기 위해 일방적으로 쓴 글이라면, 필담 창화집은 일본에서 조선과 일본의 지식인들이 마주앉아 함께 기록한 글이다. 그러기에 타인의 눈을 통해 자신의 모습을 객관적으로 볼 수 있다.

16권 16책의 방대한 분량으로 다양한 주제를 정리한 『계림창화집』

에도막부 초기의 일본 지식인은 주로 승려였기에, 당연히 승려들이 통신사를 접대하고, 필담에 참여하였다. 그 다음으로 유자(儒者)들이 있었는데, 로널드 토비는 이들을 조선의 유학자와 비교해 "일본의 유학자는 국가에 이용가치를 인정받은 일종의 전문 지식인에 지나지 않았다"고 규정하였다. 그 가운데 상당수는 의원이었으므로 흔히 유의(儒醫)라고 하는데, 한문으로 된 의서를 읽다보니 유학에도 관심을 가지게 된 것이다. 이노 작스이(稲生若水)가 물고기 한 마리를 가지고 제술관 이현과 서기 홍순연 일행을 찾아가서 필담을 나눈 기록이 『계림창화집』 권5에 실려 있다.

> 이 현 : 이 물고기는 우리나라의 송어입니다. 조령의 동남 지방에 많이 있어, 아주 귀하지는 않습니다.
>
> 홍순연 : 이 물고기는 우리나라의 농어와 매우 닮았습니다. 귀국에도 농어가 있는지 모르겠지만, 이것과 같지 않습니까? 농어가 아니라면 내가 아는 물고기가 아닙니다.
>
> 남성중 : 이 물고기는 우리나라 송어입니다. 연어와 성질이 같으나 몸집이 작으며, 우리나라 동해에서 납니다. 7-8월 사이에 바다에서 떼를 지어 강으로 올라가는데, 몸이 바위에 갈려 비늘이 다 떨어져 나가 죽기까지 하니 그 성질을 모르겠습니다.

그는 일본산 물고기의 습성을 자세히 설명하고 조선에도 있는지 물었지만, 조선 문인들은 이 방면의 전문가들이 아니어서 이름 정도나 추정했을 뿐이다. 홍순연은 농어라고 엉뚱하게 대답하기까지 하였다. 조선 문인이라면 모든 것을 알 수 있을 것이라고 기대했기에 생긴 결과인데, 아직 의학필담으로 분화되기 이전의 형태다. 이 필담 말미에 이노 작스이는 이런 기록을 덧붙여 마무리했다.

> 『동의보감』을 살펴보니 "송어는 성질이 태평하고 맛이 달며 독이 없다. 맛이 진기하고 살지다. 색은 붉으면서 선명하다. 소나무 마디 같아서 이름이 송어이다. 동북쪽 바다에서 난다"고 하였다. 지금 남성중의 대답에 『동의보감』의 설명을 참고하니, '鮏'은 송어와 같은 것이다. 그러나 '송어'라는 이름은 조선의 방언이지, 중화에서 부르는 이름이 아니다. 『팔민통지(八閩通志)』(줄임) 『해징현지(海澄縣志)』 등의 책에 모두 송어가 실려 있으나, 모습이 이것과 매우 다르다. 다른 종류인데, 이름이 같을 뿐이다.

기록에서 보듯, 이노 작스이는 다수의 의견에 따라 이 물고기를 '송어'라고 추정한 후, 비교적 자세한 남성중의 대답과 『동의보감』의 기록을 비교하여 '송어'로 결론 내렸다. 그런 뒤에 조선의 '송어'가 중국의 송어와 같은 것인지 확인하기 위해 중국의 여러 지방지를 조사한 후, '송어'는 정확한 명칭이 아니라 그저 조선의 방언인 것으로 결론지었다. 양의(良醫) 기두문(奇斗文)에게는 약초를 가지고 가서 필담을 시도하였다.

> 稻生若水 : 이 나뭇잎은 세 개의 뾰족한 끝이 있고 겨울에 시들지 않으며, 봄에 가느다란 꽃이 핍니다. 열매의 크기는 대두만하고, 모여서 둥글게 공처럼 되며, 생길 때는 파랗고, 익으면 자흑색이 됩니다. 나무

에 진액이 있어 엉기면 향이 나고, 색이 붉습니다. 이름은 선인장 나무입니다. (줄임)

기두문 : 이것이 진짜 백부자(白附子)입니다.

제술관이나 서기들이 경험에 의존해 대답한 것과 달리, 기두문은 의원이었으므로 자신의 지식을 바탕으로 확실하게 대답하였다. 구지현박사의 연구에 의하면 이노 작스이는 『서물류찬(庶物類纂)』이라는 박물지를 편찬하기 위해 방대한 자료를 수집·고증하고 있었는데, 문화 선진국 조선의 문인에게 서문을 부탁하여, 제술관 이현이 써 주었다. 1,054권이나 되는 일본 최대의 백과사전에 조선 문인이 서문을 써 주어 권위를 얻게 된 것이다.

출판사 주인이 상업적인 출판을 위해 직접 필담에 참여하다

초기의 필담 창화집은 일본의 시인, 유학자, 의원 등 전문 지식인이 번주(藩主)의 명령이나 자신의 정보욕, 명예욕에 따라 필담에 나선 결과물이지만, 『계림창화집』 16권 16책은 출판사 주인이 직접 전국 각 지역에서 발생한 필담 창화 원고들을 수집하여 출판한 것이다. 따라서 필담 창화 인원도 수십 명에 이르며, 많은 자본을 들여서 출판하였다. 막부(幕府)의 어용 서적을 공급하던 게이분칸(奎文館) 주인 세오겐베이(瀬尾源兵衛, 1691~1728)가 21세 청년의 몸으로 교토지역 필담에 참여해 『계림창화집』 권6을 편집하고, 다른 지역의 필담 창화 원고까지 모두 수집해 16권 16책을 출판했을 뿐 아니라, 여기에 빠진 원고들까지 수집해 『칠가창화집(七家唱和集)』 10권 10책을 출판하였다.

『칠가창화집』은 『계림창화속집』이라고도 불렸는데, 7차 사행 때의 최대 필담 창화집인 『화한창수집(和韓唱酬集)』 4권 7책의 갑절 규모에 해당한다. 규모가 이러하니 자본 또한 막대하게 소요되어, 고쇼모노도코로(御書物所)인 이즈모지 이즈미노죠(出雲寺 和泉掾) 쇼하쿠도(松栢堂)와 공동 투자하여 출판하였다. 게이분칸(奎文館)에서는 9차 사행 때에도 『상한창화훈지집(桑韓唱和塤箎集)』 11권 11책을 출판하여, 세오겐베이(瀨尾源兵衛)는 29세에 이미 대표적인 출판업자로 자리매김하게 되었다. 그러나 안타깝게도 38세에 세상을 떠나, 더 이상의 거질 필담 창화집은 간행되지 못했다.

필담창화집 178책을 수집하여 원문을 입력하고 번역한 결과물

나는 조선시대 한문학 연구가 조선 국경 안의 한문학만이 아니라 국경 너머 오가며 외국인들과 주고받은 한자 기록물까지 연구해야 한다는 생각으로, 첫 번째 박사논문을 지도하면서 '통신사 필담창화집'을 과제로 주었다. 구지현 선생은 1763년에 파견된 11차 통신사 구성원들이 기록한 사행록 9종과 필담창화집 30종을 수집하여 분석했는데, 박사학위를 받은 뒤에도 필담창화집을 계속 수집하여 2008년 한국학술진흥재단의 토대연구에 『조선후기 통신사 필담창수집의 수집, 번역 및 데이터베이스 구축』이라는 과제를 신청하였다. 이 과제를 진행하면서 우리 팀에서 수집한 필담창화집 178책의 목록과, 우리가 예상

한 작업진도 및 번역 분량은 다음과 같다.

1) 1차년도(2008. 7.~2009. 6.) : 1607년(1차 사행)에서 1711년(8차 사행)까지

연번	필담창화집 책 제목	면 수	1면 당 행수	1행 당 글자 수	예상되는 원문 글자 수
001	朝鮮筆談集	44	8	15	5,280
002	朝鮮三官使酬和	24	23	9	4,968
003	和韓唱酬集首	74	10	14	10,360
004	和韓唱酬集一	152	10	14	21,280
005	和韓唱酬集二	130	10	14	18,200
006	和韓唱酬集三	90	10	14	12,600
007	和韓唱酬集四	53	10	14	7,420
008	和韓唱酬集(결본)				
009	韓使手口錄	94	10	21	19,740
010	朝鮮人筆談幷贈答詩(國圖本)	24	10	19	4,560
011	朝鮮人筆談幷贈答詩(東京都立本)	78	10	18	14,040
012	任處士筆語	55	10	19	10,450
013	水戶公朝鮮人贈答集	65	9	20	11,700
014	西山遺事附朝鮮使書簡	48	9	16	6,912
015	木下順菴稿	59	7	10	4,130
016	鷄林唱和集1	96	9	18	15,552
017	鷄林唱和集2	102	9	18	16,524
018	鷄林唱和集3	128	9	18	20,736
019	鷄林唱和集4	122	9	18	19,764
020	鷄林唱和集5	110	9	18	17,820
021	鷄林唱和集6	115	9	18	18,630
022	鷄林唱和集7	104	9	18	16,848
023	鷄林唱和集8	129	9	18	20,898
024	觀樂筆談	49	9	16	7,056
025	廣陵問槎錄上	72	7	20	10,080
026	廣陵問槎錄下	64	7	19	8,512
027	問槎二種上	84	7	19	11,172

028	問槎二種中	50	7	19	6,650
029	問槎二種下	73	7	19	9,709
030	尾陽倡和錄	50	8	14	5,600
031	槎客通筒集	140	10	17	23,800
032	桑韓醫談	88	9	18	14,256
033	辛卯唱酬詩	26	7	11	2,002
034	辛卯韓客贈答	118	8	16	15,104
035	辛卯和韓唱酬	70	10	20	14,000
036	兩東唱和錄上	56	10	20	11,200
037	兩東唱和錄下	60	10	20	12,000
038	兩東唱和後錄	42	10	20	8,400
039	正德韓槎諭禮	16	10	18	2,880
040	朝鮮客館詩文稿(내용 중복)	0	0	0	0
041	坐間筆語附江關筆談	44	10	20	8,800
042	七家唱和集－班荊集	74	9	18	11,988
043	七家唱和集－正德和韓集	89	9	18	14,418
044	七家唱和集－支機閒談	74	9	18	11,988
045	七家唱和集－朝鮮客館詩文稿	48	9	18	7,776
046	七家唱和集－桑韓唱酬集	20	9	18	3,240
047	七家唱和集－桑韓唱和集	54	9	18	8,748
048	七家唱和集－客館縞紵集	83	9	18	13,446
049	韓客贈答別集	222	9	19	37,962
예상 총 글자수					589,839
1차년도 예상 번역 매수 (200자원고지)					약 8,900매

2) 2차년도(2009. 7.~2010. 6.) : 1719년(9차 사행)에서 1748년(10차 사행)까지

연번	필담창화집 책 제목	면수	1면 당 행수	1행 당 글자 수	예상되는 원문 글자 수
050	客館璀粲集	50	9	18	8,100
051	蓬島遺珠	54	9	18	8,748
052	三林韓客唱和集	140	9	19	23,940
053	桑韓星槎餘響	47	9	18	7,614

054	桑韓星槎答響	106	9	18	17,172
055	桑韓唱酬集1권	43	9	20	7,740
056	桑韓唱酬集2권	38	9	20	6,840
057	桑韓唱酬集3권	46	9	20	8,280
058	桑韓唱和塤篪集1권	42	10	20	8,400
059	桑韓唱和塤篪集2권	62	10	20	12,400
060	桑韓唱和塤篪集3권	49	10	20	9,800
061	桑韓唱和塤篪集4권	42	10	20	8,400
062	桑韓唱和塤篪集5권	52	10	20	10,400
063	桑韓唱和塤篪集6권	83	10	20	16,600
064	桑韓唱和塤篪集7권	66	10	20	13,200
065	桑韓唱和塤篪集8권	52	10	20	10,400
066	桑韓唱和塤篪集9권	63	10	20	12,600
067	桑韓唱和塤篪集10권	56	10	20	11,200
068	桑韓唱和塤篪集11권	35	10	20	7,000
069	信陽山人韓館倡和稿	40	9	19	6,840
070	兩關唱和集1권	44	9	20	7,920
071	兩關唱和集2권	56	9	20	10,080
072	朝鮮人對詩集1권	160	8	19	24,320
073	朝鮮人對詩集2권	186	8	19	28,272
074	韓客唱和/浪華唱和合章	86	6	12	6,192
075	和韓唱和	100	9	20	18,000
076	來庭集	77	10	20	15,400
077	對麗筆語	34	10	20	6,800
078	鳴海驛唱和	96	7	18	12,096
079	蓬左賓館集	14	10	18	2,520
080	蓬左賓館唱和	10	10	18	1,800
081	桑韓醫問答	84	9	17	12,852
082	桑韓鏘鏗錄1권	40	10	20	8,000
083	桑韓鏘鏗錄2권	43	10	20	8,600
084	桑韓鏘鏗錄3권	36	10	20	7,200
085	桑韓萍梗錄	30	8	17	4,080
086	善隣風雅1권	80	10	20	16,000
087	善隣風雅2권	74	10	20	14,800
088	善隣風雅後篇1권	80	9	20	14,400

089	善隣風雅後篇2권	74	9	20	13,320
090	星軺餘轟	42	9	16	6,048
091	兩東筆語1권	70	9	20	12,600
092	兩東筆語2권	51	9	20	9,180
093	兩東筆語3권	49	9	20	8,820
094	延享五年韓人唱和集1권	10	10	18	1,800
095	延享五年韓人唱和集2권	10	10	18	1,800
096	延享五年韓人唱和集3권	22	10	18	3,960
097	延享韓使唱和	46	8	14	5,152
098	牛窓錄	22	10	21	4,620
099	林家韓館贈答1권	38	10	20	7,600
100	林家韓館贈答2권	32	10	20	6,400
101	長門戊辰問槎상권	50	10	20	10,000
102	長門戊辰問槎중권	51	10	20	10,200
103	長門戊辰問槎하권	20	10	20	4,000
104	丁卯酬和集	50	20	30	30,000
105	朝鮮筆談(元丈)	127	10	18	22,860
106	朝鮮筆談1권(河村春恒)	44	12	20	10,560
107	朝鮮筆談1권(河村春恒)	49	12	20	11,760
108	韓客對話贈答	44	10	16	7,040
109	韓客筆譚	91	8	18	13,104
110	韓人唱和詩	16	14	21	4,704
111	韓人唱和詩集1권	14	7	18	1,764
112	韓人唱和詩集1권	12	7	18	1,512
113	和韓文會	86	9	20	15,480
114	和韓唱和錄1권	68	9	20	12,240
115	和韓唱和錄2권	52	9	20	9,360
116	和韓唱和附錄	80	9	20	14,400
117	和韓筆談薰風編1권	78	9	20	14,040
118	和韓筆談薰風編2권	52	9	20	9,360
119	鴻臚傾蓋集	28	9	20	5,040
예상 총 글자수					723,730
2차년도 예상 번역 매수 (200자원고지)					약 10,850매

3) 3차년도(2010. 7.~ 2011. 6.) : 1763년(11차 사행)에서 1811년(12차 사행)까지

연번	필담창화집 책 제목	면수	1면당 행수	1행당 글자수	예상되는 원문 글자수
120	歌芝照乘	26	10	20	5,200
121	甲申槎客萍水集	210	9	18	34,020
122	甲申接槎錄	56	9	14	7,056
123	甲申韓人唱和歸國1권	72	8	20	11,520
124	甲申韓人唱和歸國2권	47	8	20	7,520
125	客館唱和	58	10	18	10,440
126	鷄壇嚶鳴 간본 부분	62	10	20	12,400
127	鷄壇嚶鳴 필사부분	82	8	16	10,496
128	奇事風聞	12	10	18	2,160
129	南宮先生講餘獨覽	50	9	20	9,000
130	東渡筆談	80	10	20	16,000
131	東槎餘談	104	10	21	21,840
132	東游篇	102	10	20	20,400
133	問槎餘響1권	60	9	20	10,800
134	問槎餘響2권	46	9	20	8,280
135	問佩集	54	9	20	9,720
136	賓館唱和集	42	7	13	3,822
137	三世唱和	23	15	17	5,865
138	桑韓筆語	78	11	22	18,876
139	松菴筆語	50	11	24	13,200
140	殊服同調集	62	10	20	12,400
141	怏怏餘響	136	8	22	23,936
142	兩東鬪語乾	59	10	20	11,800
143	兩東鬪語坤	121	10	20	24,200
144	兩好餘話상권	62	9	22	12,276
145	兩好餘話하권	50	9	22	9,900
146	倭韓醫談(刊本)	96	9	16	13,824
147	倭韓醫談(寫本)	63	12	20	15,120
148	栗齋探勝草1권	48	9	17	7,344
149	栗齋探勝草2권	50	9	17	7,650
150	長門癸甲問槎1권	66	11	22	15,972

151	長門癸甲問槎2권	62	11	22	15,004
152	長門癸甲問槎3권	80	11	22	19,360
153	長門癸甲問槎4권	54	11	22	13,068
154	萍遇錄	68	12	17	13,872
155	品川一燈	41	10	20	8,200
156	表海英華	54	10	20	10,800
157	河梁雅契	38	10	20	7,600
158	和韓醫談	60	10	20	12,000
159	韓客人相筆話	80	10	20	16,000
160	韓館應酬錄	45	10	20	9,000
161	韓館唱和1권	92	8	14	10,304
162	韓館唱和2권	78	8	14	8,736
163	韓館唱和3권	67	8	14	7,504
164	韓館唱和續集1권	180	8	14	20,160
165	韓館唱和續集2권	182	8	14	20,384
166	韓館唱和續集3권	110	8	14	12,320
167	韓館唱和別集	56	8	14	6,272
168	鴻臚摭華	112	10	12	13,440
169	鷄林情盟	63	10	20	12,600
170	對禮餘藻	90	10	20	18,000
171	對禮餘藻(明遠館叢書 57)	123	10	20	24,600
172	對禮餘藻(明遠館叢書 58)	132	10	20	26,400
173	三劉先生詩文	58	10	20	11,600
174	辛未和韓唱酬錄	80	13	19	19,760
175	接鮮瘖語(寫本)1	102	10	20	20,400
176	接鮮瘖語(寫本)2	110	11	21	25,410
177	精里筆談	17	10	20	3,400
178	中興五侯詠	42	9	20	7,560
예상 총 글자수					786,791
3차년도 예상 번역 매수 (200자원고지)					약 11,800매

1차년도에는 하우봉(전북대) 교수와 유경미(일본 나가사키국립대학) 교수를 공동연구원으로 하여 고운기, 구지현, 김형태, 허은주, 김용흠 박

사가 전임연구원으로 번역에 참여하였다. 3년 동안 기태완, 이지양, 진영미, 김유경, 김정신, 강지희 박사가 연구원으로 교체되어, 결국 35,000매나 되는 번역원고를 마무리하였다.

일본식 한문이 중국식 한문과 달라서 특히 인명이나 지명 번역이 힘들었는데, 번역문에서는 독자들이 읽기 쉽도록 한국식 한자음으로 표기하고, 첫 번째 각주에서만 일본식 한자음을 표기하였다. 원문을 표점 입력하는 방법은 고전번역원에서 채택한 방법을 권장했지만, 번역자마다 한문을 교육받고 번역해온 과정이 다르기 때문에 재량을 인정하였다. 원본 상태를 확인하려는 연구자를 위해 영인본을 뒤에 편집하였는데, 모두 국내외 소장처의 사용 승인을 받았다.

원문과 번역문을 합하여 200자원고지 5만 매 분량의 『조선후기 통신사 필담창화집 번역총서』를 12,000면의 이미지와 함께 편집하고 4차에 나누어 10책씩 출판하는 과정이 복잡하고 힘들었기에, 연세대학교 정갑영 총장에게 편집비 지원을 신청하였다. 『조선후기 통신사 필담창수집 번역본 30권 편집』 정책연구비(2012-1-0332)를 지원해주신 정갑영 총장에게 감사드린다.

『조선후기 통신사 필담창화집 번역총서』를 편집하는 과정에 문화재청으로부터 『통신사기록 조사 및 번역, 데이터베이스 구축』 연구용역을 발주받게 되어, 필담창화집을 비롯한 통신사 관련 기록을 세계기록유산으로 등재하는 작업에 참여하게 된 것도 기쁜 일이다. 통신사 관련 기록들이 모두 데이터베이스로 구축되어 국내외 학자들이 한일문화교류, 나아가서는 동아시아문화교류 연구에 손쉽게 참여하게 된다면 『통신사 필담창화집 번역총서』의 사명을 다하는 것이라고 생각한다.

조선후기 통신사가 동아시아 문화교류 연구에 중요한 이유는 임진왜란 이후에 중국(청나라)과 일본의 단절된 외교를 통신사가 간접적으로 이어주었기 때문이다. 통신사 필담창화집 번역총서 60권 출판이 마무리되면 조선후기에 한국(조선)과 중국(청나라) 지식인들이 주고받은 척독집 40여 권도 데이터베이스로 구축하여, 일본에서 조선을 거쳐 청나라로 이어지는 '동아시아 문화교류의 길' 데이터베이스를 국내외 학자들에게 제공하고자 한다.

▒ 허경진(許敬震)

1974년 연세대 국문과를 졸업하면서 시 「요나서」로 연세문화상을 받았다. 1984년에 연세대에서 『허균 시 연구』로 문학박사학위를 받고, 목원대 국어교육과 교수를 거쳐 연세대 국문과 교수로 재직 중이다. 『허난설헌시집』, 『교산 허균 시선』을 비롯한 한국의 한시 총서 50권, 『허균평전』, 『사대부 소대헌 호연재 부부의 한평생』, 『중인』 등을 비롯한 저서 10권, 『삼국유사』, 『서유견문』, 『매천야록』 등의 역서 10권이 있으며, 요즘은 조선통신사 관련 기록을 세계기록유산으로 등재하기 위해 활동 중이다.

조선후기 통신사 필담창화집 번역총서 9

廣陵問槎錄 上·下

2013년 7월 26일 초판 1쇄 펴냄

역 자 허경진
발행인 김흥국
발행처 도서출판 보고사

등록 1990년 12월 13일 제6-0429호
주소 서울특별시 성북구 보문동7가 11번지 2층
전화 922-5120~1(편집), 922-2246(영업)
팩스 922-6990
메일 kanapub3@naver.com
http://www.bogosabooks.co.kr

ISBN 979-11-5516-064-0 94810
979-11-5516-055-8 (세트)

정가 20,000원

이 도서의 국립중앙도서관 출판시도서목록(CIP)은 서지정보유통지원시스템 홈페이지(http://seoji.nl.go.kr)와 국가자료공동목록시스템(http://www.nl.go.kr/kolisnet)에서 이용하실 수 있습니다. (CIP제어번호: CIP2013012714)